魔王の溺愛

天野かづき

22809

角川ルビー文庫

目次

口絵・本文イラスト／蓮川愛

「あんな言葉を本当に信じたのか？」

蔑《さげす》むように、嘲笑《ちょうしょう》を含《ふく》んだ言葉が降ってくる。

背中が焼けるように熱い。確かめようにも、体には全く力が入らなかった。すべての神経が背中に集まっているかのようだった。

一体どうしたのだろう？　頬《ほお》に当たる床《ゆか》の冷たさは感じない。

「な……に……」

上手《うま》くしゃべることもできない。けれど、必死で状況《じょうきょう》を見極《みきわ》めようと、朝陽《あさひ》は眼球を動かした。

「最初からお前を元の世界に帰すつもりなどなかった、ということだ」

最初から？　では、魔王《まおう》を倒《たお》した暁《あかつき》には、元の世界に帰すと言っていたのは、嘘《うそ》だったのか。

しかつめらしい顔をした国王を思い出す。

「国に戻《もど》ったお前が余計なことを吹聴《ふいちょう》すれば面倒《めんどう》だからな。ここで『聖女』は名誉《めいよ》の死を遂《と》げた、とするのが最もいい」

視界の隅《すみ》に銀と赤が混じり合って見える。上手く焦点《しょうてん》が合わず、ぼんやりとした視界ではははっきりとしたことは分からない。けれど、あれは血のついた剣《けん》に見えた。

血……それは、誰《だれ》の？

──ああ、そうか。

ここまで考えてようやく、朝陽は自分の背中に斬《き》りつけられたのだと気がついた。魔王を倒すため、共に戦っていたはずの勇者ライハルトの手によって……。

認めたくはないが朝陽は『聖女』だ。治癒《ちゆ》術を行使し、戦闘《せんとう》に関する主な仕事は後方での支《し》援《えん》である。怪我《けが》をしたことがないとは言わないが、大きなものはなかった。剣で斬りつけられる、などということも……。

考えるうちに血を失いすぎたのか、耳も上手く聞こえなくなってきた。何かを話している気はしたけれど、上手く拾えない。視界も暗くなっていく。体が熱い。背中の熱が全身に広がっていくかのように。

死ぬのだろうか？　……きっとそうなのだろう。

けれど、それがどうしたというのか。

──最初からお前を元の世界に帰すつもりなどなかった。

ライハルトの言葉が、耳の奥によみがえる。

もう帰ることができない、自分の世界。

ここととはまるで違《ちが》うあの世界に帰れないならば、ずっと胸にあった夢を叶《かな》えることができないならば……生きていくことにどれだけの意味があるだろう。

どうせなら、ライハルトの声が聞こえるよりも前に、耳が聞こえなくなってしまえばよかったのに。

最期《さいご》に聞く声が、あの男の蔑みだなんて、不幸にもほどがある。

そんなことを考えながら、朝陽はここに至るまでのことをぼんやりと思い出していた。


朝陽は、看護大学に入学したばかりのごく普通《ふつう》の学生だった。入学式を終え、履修《りしゅう》関係のことも一段落し、学生寮《りょう》での生活にも少しずつ慣れ始めた、そんな時分のことだ。

始めたばかりのバイトを終え、朝陽は学生寮への帰路を急いでいた。寮には門限があり、普通に歩いていたのでは間に合わない。いつもは自転車を使っているのだが、あいにく寮を出たときには雨が降っていたため、その日は徒歩で来てしまったのだ。

雨はすでにやみ、道路も乾《かわ》き始めている。足早に寮へと向かっていた朝陽は、歩道に黒々とした水たまりが広がっていることに気づいた。

だが、ほかがこれだけ乾いているのだ。きっと浅いものだろう。車道に出られる柵《さく》の切れ目はずいぶんと遠く、戻る気にはなれなかった。朝陽はそのまま水たまりに足を踏《ふ》み入れ――

——目映《まばゆ》い光に包まれたのである。

何が起こったのか分からなかった。

光はまるで網《あみ》のように広がり、朝陽を搦《から》め捕《と》るようにますます強くなる。そして、朝陽は眩《まぶ》しさにたまらず目をつむった。

「成功したのか⁉」

そんな声が耳に届いたときには、朝陽はもう自らの生まれた世界を遠く離《はな》れたこの世界にいたのだ。

それは『聖女召喚《しょうかん》』という儀式《ぎしき》だったらしい。

朝陽は男にもかかわらず、なぜかその儀式によってこの世界に喚《よ》ばれてしまったのだ。

もちろん、朝陽が男であったことに、儀式を行った者たちは混乱し、半ば絶望していた。

この儀式に使われるエネルギー——この世界でマナと呼ばれるものの消費は大きく、おいそれと行えるものではないらしい。

そして、それは一大国家事業でもあった。

失敗したとなった術者たちが混乱し、絶望したのも当然だろう。もちろん、それ以上に混乱と絶望を感じていたのは朝陽のほうだったが、朝陽の感情に気を配る者など一人もいなかった。

だが、結局朝陽は『聖女』として認められた。認められてしまった。

望んでのことではない。朝陽にとっては不本意なことに、魔王を倒すための聖剣を覚醒《かくせい》させることができてしまったのだ。聖剣は聖女の祈《いの》りによって聖女と結びついたとき、初めて力を発揮するのだという。

そもそも、聖剣と結びつくということ自体が朝陽には分からなかった。にもかかわらず、朝陽が聖剣の前で『人々を助けるためにどうか力を貸してください』というありきたりな文言を唱えた途端《とたん》、聖剣は光り輝《かがや》いたのだ。

召喚の術者たちはどれほど安堵《あんど》したか知れない。もちろん、朝陽は更《さら》に暗澹《あんたん》たる気分になったが。それでも、何の役にも立たない男として城から放《ほう》り出されるよりはましだっただろう。今はそうは思えないけれど、その時点では確かにそうだったのだ。

国王陛下の前に連行され、国の王子であり勇者であるライハルトやその従者と共に、魔王を倒せと命じられた。

魔族のせいで国は困窮《こんきゅう》し、人々は日々恐怖《きょうふ》にさらされているらしい。そのことを気の毒だと思わなかったわけではないが、朝陽には関係のないことだ。この国どころかこの世界とすら、何の縁《えん》もゆかりもないのだから。むしろ、強引《ごういん》に自分の世界から切り離されたことを、恨《うら》んですらいた。

王は、魔王を倒した暁にはどんな褒美《ほうび》も取らせると言った。王女と結婚《けっこん》し、王家の一員となるようにとも勧《すす》められたくらいだ。実際、強引に紹介《しょうかい》された王女はかわいらしい少女ではあった。だが、朝陽の願いはただ一つ。元の世界に帰してほしいというものしかない。

結局、王は魔王が討《う》たれれば元の世界に帰すと約束し、朝陽は仕方なく魔王討伐《とうばつ》のパーティに同行したのだ。

――だが、その結果がこれだ。

元の世界に帰すつもりなど、最初からなかったのだと、ライハルトは言った。きっとそれは事実なのだろう。

魔王を倒し、用のなくなった聖女もその場で始末する。帰還《きかん》の儀式に消費されるマナを惜《お》しんでのことか、それとも最初から帰すための儀式自体存在しなかったのかは分からない。だが、ライハルトの言うとおり、それが一番面倒のない解決法だったのだろう。

自分は本当にばかだった。

一体、自分は何のためにここまで来たのだろう。

だが信じるほかなかったのだ。それ以外に自分が元の世界に帰る方法などなかったのだから……。

思わずため息をついてから、朝陽は何かを嘆《なげ》くような悲痛な叫《さけ》びを聞いて眉《まゆ》を顰《ひそ》めた。

先ほどはもう、耳も聞こえなくなったと思ったのに……。

それだけではない。あれほど熱かった体から、熱が引いていた。

おかしい。いや、そもそもがおかしかった。臨死体験などしたことはないが、失血しているにもかかわらずあれほどの熱を感じるものだろうか。むしろ徐々《じょじょ》に熱を失い、寒くなっていくのではないか？

それに、意識がはっきりしすぎている。一度は朦朧《もうろう》とし、耳も目も使い物にならなくなったのは確かだが……。

意識して目を開けると、視界も戻《もど》っている。

ひょっとして、助かったのか？

聖女として、朝陽には治癒術が使える。それが、死に瀕《ひん》して、自動的に自分の体にも働いたということなのか……。

自分の行ったことではあるが、余計なことをしたものだと思わずにはいられない。

どうせ元の世界に帰れないならば、あのまま死んでしまってもかまわなかったのに、とすら思う。看護師という、命を救う仕事を志した人間にあるまじきことだとは思うけれど、それほどに朝陽の心は疲弊《ひへい》していた。

しかし……。

「魔王様《まおうさま》！」

「どうか目をお開けください、陛下……！」

聞こえてくる声の悲愴《ひそう》さに耐《た》えきれず、朝陽は体を起こした。この世界では、魔族と呼ばれるものたちの言葉も、人の使うものと変わらない。

それが、朝陽には本当につらかった。魔王を倒《たお》すとだけ聞いたときは、それが人とは違う恐《おそ》ろしい存在なのだろうとぼんやりと考えていた程度だったが、実際にこの魔王城に至るまでにライハルトたちが倒したものたちの中には、同じ人語を解するものも多かった。動物ですら殺すことに抵抗《ていこう》のある朝陽は、それが耐えがたく、戦闘《せんとう》を目にするだけでもつらかった。

ライハルトたちは、そんなところばかりまるで本物の『聖女』のようではないかと嗤《わら》い、ばかにしていたけれど……。

立ち上がると、ふらりと体が揺《ゆ》れた。

いくら治癒《ちゆ》術とはいえ、すべての血が戻ったわけではないのだろう。けれど、一歩ずつ魔王へと近づく。

魔王の体にすがりつくようにして泣いている魔族たちは、朝陽にまだ気づいていないようだ。不思議だが、彼らは誰《だれ》もがずいぶんと小さい。まるで子どものような姿をした魔族たちを見て、朝陽の胸に憐憫《れんびん》が湧《わ》いた。

「陛下ぁ……」

グスグスと泣きじゃくる声。

魔王の体には、聖剣《せいけん》が突《つ》き立っている。

旅の途中《とちゅう》で聞いた話だが、魔王は聖剣を突き立てることさえできれば、封印《ふういん》できるのだという。ずいぶん簡単なのだなと思ったが、逆にそれ以外の方法で魔王を倒すことはまず不可能なのだと。

不思議な話だと思ったが、神術だの魔法だのというものがまかり通っている世界だ。自分には思いもよらない理屈《りくつ》で動いていてもおかしくはない。この世界のことにも、ライハルトの優《すぐ》れた剣技《けんぎ》を褒《ほ》めそやす声にもそこまで興味が持てなかったこともあり、それ以上は聞かなかったけれど……。

聖剣は、魔王の体を貫《つらぬ》きながらも光を放っている。そこには確かに理外の力が働いているように見えた。そのせいか魔族たちはただの一人もその剣に触《ふ》れることができずにいるようだ。

ふらふらと体を揺らしながらも、朝陽はその剣に手を伸ばす。

「貴様、何を……！」

「陛下を傷つけることは許さんぞ！」

ようやく気がついたのか顔を上げた彼らの前で、朝陽はその柄《つか》に手をかけた。そして、ひと思いに聖剣を引き抜《ぬ》くと、ためらいなく床《ゆか》へと投げ捨てる。

――自分はとんでもないことをしているのかも知れない。

国のために魔王を討つという言葉、魔物のせいで人々は恐怖にさらされているという言葉。それを覚えていないわけではない。彼らを救うために、魔王を討たねばならないということも理解していた。なのに、自分のしていることは……これからしようとしていることは、ここまでのすべてを否定することかも知れない。

けれど……。

子どものような魔族を押しのけて、朝陽は目を閉じたままの魔王に触れる。

そして、自分の身に残るありったけの力をその身に注ぎ込んだ。自分の力が聖なるものだというなら、この行為《こうい》が魔王の体を逆に蝕《むしば》む可能性もあるだろう。けれど、そもそもがもう瀕死のはずだ。ならば信じるしかない。彼を癒《い》やせると……。

最初、魔族たちはどうにかして朝陽を排除《はいじょ》しようとした。腕《うで》を引き、小さな手で殴《なぐ》りつけ、魔王から離《はな》れろと口にした。

「信じられないと思う。けど、お願いだから、俺にこの人を癒やさせて」

なぜ彼らが自分に向けて魔法を使わないかは不思議だったが、かすれた声でそれだけを口にして、朝陽はひたすらに力を注いだ。

やがて、魔王の白い瞼《まぶた》が震《ふる》え、長いまつげがゆっくりと持ち上がった。

「陛下……！」

朝陽を排除しようとしていた魔族たちが、一斉《いっせい》に魔王の顔を覗《のぞ》き込む。

ガーネットのような暗く赤い瞳《ひとみ》が、朝陽を見つめる。彼はすぐに状況《じょうきょう》を理解したらしい。

「なぜ、こんなことを……」

眉を顰めて言った魔王に、朝陽はゆっくりと瞬《またた》いた。

その問いがまっとうなものだったことに思わず笑いそうになる。魔王なのに、ずいぶんと普《ふ》通《つう》のことを言うな、と……そんなことを思った。

「分からない……けど、俺は誰かを悲しませるようなことが、したいわけじゃなかったん……だ」

口にしながら、体から力が抜けていくのが分かる。今度こそ、体から熱が失われていくのを感じて、朝陽はどこか安堵《あんど》していた。

ああ、これで終わることができる、と……。

「っ……ん……あ……」

腹の奥から湧き上がるような熱を感じて、朝陽は小さくうめいた。

熱は腹の奥から徐々に体の隅々《すみずみ》にまで広がっていく。朝陽はこの感覚に覚えがある気がした。

そうだ。自分はライハルトに剣で斬《き》られて……。それを癒やすために治癒術が発動したのだ。

あのとき感じた熱は、きっとそれだったのだろう。

ならば、今のこれは？

疑問を抱《いだ》きつつ、ぼんやりと目を開く。

黒い髪《かみ》が目に入った。少し荒《あら》い呼吸音が耳に届く。だが、それを発していたのは朝陽自身だった。

「意識が戻ったか」

「え……あっ……」

男が顔を覗き込もうとした途端《とたん》、腹の中をかき混ぜられる感覚がして、朝陽は声を上げた。

「な、何……何を……んっ」

「おとなしくしていろ。まだ足りぬはずだ」

「足りないって、何が……あっ、んっ」

ぐちゅりと濡《ぬ》れた音がして、同時に沸《わ》き起こった快感に、朝陽は息を呑《の》む。それは、間違《まちが》いなく、自分の体の中から沸き起こっている。

おそるおそる視線を下げれば、自分も、自分に覆《おお》い被《かぶ》さっている男も、どちらもが全裸《ぜんら》であると分かった。そして、朝陽の足は男の腕に抱《かか》え上げられて、その更《さら》に奥が男の腰《こし》とぴったり合わさっている。

「や……、そん……な……っ」

正直な話、朝陽は童貞《どうてい》だった。だが、これがどういう状況かが分からないほどその手の知識に疎《うと》いわけではない。

間違いなく入っている。

目視した結果からしても、体の中に覚えるこの違和感《いわかん》からしても……。

「何で、こんな……あっ、まっ……」

理解した途端、さらなる混乱が朝陽を襲《おそ》う。入っていることは分かった。だが、それがなぜなのかが分からない。なぜこんなことになっているのだろう。

男の顔には見覚えがある。黒い髪に、赤い瞳。頭に生えた二本の角。間違いなく、魔王《まおう》である。しかし、何で自分と魔王がこんな？

「ひぁ……っ」

ずるりと引き抜かれていく感覚に、腰が震える。痛みではない。それは間違いなく快感だった。

「やだ……っ、こんなの……ぬ、抜いて……あ、あぁっ」

快感を覚えたことが、より混乱に拍車《はくしゃ》をかける。朝陽は半ばパニックになって、逃《のが》れようと身を捩《よじ》った。だが、それはむしろ新たな快感を与《あた》えられるだけの結果になる。

「だめだ。もう一度で足りるだろう。それまでは待て」

もう一度？　もう一度って何だ？

朝陽はそう思ったけれど、疑問を口にすることはできなかった。

「も、あっ、んっあ、あっ、あぁ……っ」

魔王が激しく腰を打ち付け始めると、あまりの快感にそれどころではなくなってしまったのである。

どうして自分がこんなところで快感を覚えてしまっているのか。疑問と羞恥《しゅうち》を覚えたけれど、それすらもすぐ快楽の波に流されてしまう。

「や、あっ、あっあっ、あぁ……っ」

自分がこんなに快楽に弱いなんて知らなかった。けれど、抗《あらが》い難《がた》いほどの快感に、理性も思考も溶《と》けていく。

揺《ゆ》さぶられ、深い場所までこじ開けられて、ただただ濡れた声を零《こぼ》すことしかできなくなる。

「嫌《いや》だと言う割に、随分《ずいぶん》と気持ちがよさそうだな」

楽しげな声が耳朶《じだ》を打ち、魔王は深くまで突《つ》き入れたもので中をかき混ぜるように腰を揺らす。

「そ、な……っ、やっ、わ、かんない……っ、あ、あぁっ」

こんなことしたことがないのに、中でこんなに気持ちよくなってしまうなんて、自分でもおかしいと思う。

「いいから、ただ感じていろ」

「ひ、あぁ……っ！」

引き抜《ぬ》かれ、再び埋《う》められる。何度も繰《く》り返される動きに、きゅうきゅうと中に入っているものを締《し》め付けてしまう。

そうして、おかしくなりそうなほどの快感に、朝陽はただ流されていった……。

覚醒《かくせい》は唐突《とうとつ》に訪《おとず》れた。

パチリと目を開いた朝陽は、自分がどこにいるか分からず何度か瞬きを繰り返す。

薄暗《うすぐら》い場所だ。けれど、それは今が夜だからではなく、光が天蓋《てんがい》から下がるカーテンによって遮《さえぎ》られているためだと気づく。

体の下の布団《ふとん》はずいぶんと柔《やわ》らかかった。こんな場所で眠《ねむ》ったのは一体どれくらいぶりだろうか。

だが、すぐにあの、今となっては忌《い》まわしいとしか思えない王宮で与えられたベッドに非常に似ていると気づいて、朝陽は顔を顰《しか》める。

そうだ。自分はライハルトに背中を斬られ、その後魔王に治療《ちりょう》をおこなったのではなかったか？　そして……そして？

「っ……」

自分が魔王に抱《だ》かれたことを思い出し、朝陽はがばりと体を起こした。

すぐに自分が裸《はだか》で寝《ね》かされていたことに気づき慌《あわ》てたが、あれだけいじられた体には何の痕《こん》跡《せき》もない。

体調もなんら変わったところはないし……。

まさか夢？

いや、そんなばかな……と混乱した朝陽の耳に、静かな声が届いたのはそのときだった。

「――お目覚めですか？」

「えっ」

人がいたことに全く気づいていなかった朝陽は、驚《おどろ》いて声を上げたあと、思わず沈黙《ちんもく》する。

ここがどこかは分からない。相手が人なのか魔族なのかも謎《なぞ》だ。けれど……。

「……はい。起きました」

そう答えたのは、どちらだって同じではないかと思ったからだ。

自分を斬り殺そうとしたのは人間なのだから、人間ならば安全だというわけではない。

それに、安全かどうかなど、今の自分にはどうでもいいことだと気づいたのだ。一度は投げ出そうとした――――いや、投げ出したはずの命なのだから。

ここが天国だと言われても、そのまま受け入れればいいじゃないかと、有り体《てい》に言って朝陽は完全に開き直っていた。

「少々お待ちください」

声はどこか幼さを感じさせる少年のもののようだ。

少なくとも魔王のものでも、またライハルトや他《ほか》のパーティメンバーのものでもない。それになぜか、ずいぶんと丁寧《ていねい》に遇《ぐう》されている気がする。一体どういうことなのだろう？

「少しカーテンを開けてもかまいませんか？」

「え、あ、あの……は、はい」

服を着ていないことが気になってはいたが、男同士ならばそれほど気にする必要もないだろう。

やがて、わずかにカーテンが開き、衣類が置かれる。カーテンの向こうは明るい。

「こちらをお召《め》しになってください」

思わぬ気遣《きづか》いに目を瞠《みは》りつつ、朝陽は手を伸《の》ばす。

「ありがとうございます……」

渡《わた》された下着やシャツ、ズボンを身につけつつ、そういえば自分の服はどうなったのだろうと思う。処分されたとみるのが妥当《だとう》だろうか。確認《かくにん》したわけではないが、背中を斬《き》られたのだから当然服も斬られていただろうし、何より血まみれになっていたはずだ。

代わりの服を用意してもらえたことには感謝するべきだろう。だが、どうして？　自分が親切にしてもらえる理由が思いつかない。

着替《きが》え終わって、どうしたものかと顔を出す。室内は昼の光で明るかった。そこでようやく相手の顔が見えた。

ぱっと見、十二、三歳ほどの少年に見える。だが銀髪《ぎんぱつ》に覆《おお》われた頭部には角が二本あり、明らかに魔族だ。

どこかで見たような気もするが……。相手が魔族である以上、会ったことがあるとしたら敵としてのはずで、そうだとしたらかなり気まずい。

そして、彼が魔族である以上、やはりここは魔王城の可能性が高そうだと思う。城内ではなかったとしても、少なくとも人間の治める地域ではない。

「こちらをお使いください」

差し出されたのは湯の張られた洗面器とタオルだ。聖女と認められてから、魔王討伐《まおうとうばつ》のために王宮を出発するまでの間にこんな扱《あつか》いを受けたことを思い出し、なんとなく暗い気持ちになってしまう。

だが、結局は言われるままに顔を洗った。あのまま死ぬつもりだった朝陽にとって、この時間はアディショナルタイムのようなものだ。

そういえば、死刑《しけい》の前には好きな食べ物を食べさせてもらえるという話を聞いたことがあるが、あれは本当なのだろうか……。そんなことを考えつつ顔を拭《ぬぐ》っていると、ノックの音がした。

すぐに魔族の少年がドアへと向かい、受け取ったらしいトレイを窓際《まどぎわ》のテーブルに置く。

「簡単なものですが、お食事をどうぞ」

声をかけられて、戸惑《とまど》いながらも朝陽はベッドの脇《わき》に添《そ》えられていた柔らかそうな室内履《ば》きに足を入れ、立ち上がった。

室内は広く、ベッドの他にテーブルと椅子《いす》が二脚《きゃく》、ソファセット、鏡台やクロゼット、飾《かざ》り棚《だな》などが置かれている。ワインレッドを中心とした暗い色調ではあるが、陰鬱《いんうつ》な感じはしなかった。

勧《すす》められるまま椅子に腰掛《こしか》けたものの、いよいよ訳が分からずに疑問を口にする。

「ここは魔王城ですよね？」

「ええ、人の世界ではそう呼ばれているようですね」

相手があっさりと頷《うなず》く。テーブルの上には、たっぷりと具の入ったスープとパンが用意されていた。ぱっと見ただけでは、人の食べるものと違《ちが》いがあるようには見えない。

「あの、一体これは、どういう状況《じょうきょう》なんでしょうか」

「お話は陛下からお聞きください。……では、他に何かあればお呼びください」

少年はそう言うと、手のひらでテーブルに置かれたベルらしきものを示した。そして、にっこりと微笑《ほほえ》んで一礼し、部屋を出て行ってしまう。

「……陛下って、魔王だよな」

口にした途端《とたん》、気を失う前のあれこれを思い出してしまい、朝陽は唇《くちびる》を歪《ゆが》める。

あれはなんだったのか。そして、現在の状況はなんなのか。

分かっているのは、自分の治癒《ちゆ》術が魔王にも効いたらしいということくらいだ。そうでなければあんなに動けたはずがない。

動けた……。自分の考えに打ちのめされて、朝陽はため息を零す。だが、同時にくぅと腹の虫が情けない音を上げて鳴き、目の前の食事に視線を向ける。

毒が入っている可能性について考えたのは一瞬《いっしゅん》だった。ばかばかしい考えだ。自分には治癒の力こそあれ、戦闘《せんとう》力は皆無《かいむ》だ。あの、少年のような魔族だって、その気になれば指の一振《ひとふ》りで朝陽を殺すことができるのではないかと思う。

わざわざ着替えや、洗顔のためのお湯、食事まで用意して毒殺する理由など考えつかない。それに、どうせ元の世界には帰れないのだ。やはり何もかもどうでもいい。そんな気分で、朝陽はスプーンを手に取り、スープを口に運んだ。

腹が空《す》いていたのもあるだろう。スープの塩気が染《し》み渡るように感じられて、朝陽はすぐに二口目を口にする。

そのままパンをちぎって口に運び、気がつけばペロリと食事を平らげていた。

「体調はすっかり良さそうだな」

不意に、そう声をかけられて、朝陽ははっと顔を上げる。

室内にはいつの間にか、背の高い男の姿があった。黒い髪《かみ》に、ガーネットのような瞳《ひとみ》。頭にはねじれた真っ黒な角が二本突《つ》き出ている。

「――――魔王……」

朝陽の呟《つぶや》きが聞こえたのかは分からないが、魔王はゆっくりとこちらに向かって歩み寄り、朝陽の前の椅子に座った。

「口に合ったようだな？」

空のスープ皿を見つめる男に、朝陽はわずかに頬《ほお》を染める。開き直ってはいても、敵地のど真ん中で供された食事を、難なく完食してしまったことは少し恥《は》ずかしい。

だが、食事に罪はない。

「おいしかったです。ごちそうさまでした」

ぼそぼそと、不本意であることを隠《かく》さぬままに礼を言うと、魔王は小さく笑ったようだった。

「さて、お前には訊《き》きたいことがある」

そうだろうな、と朝陽は思い、じっと魔王を見つめる。訊きたいことがあるのは、朝陽のほうもなのだが……。

「お前は、俺を殺しに来たのではないのか？」

前置きを挟《はさ》むこともなく、切り込むような問いだった。けれど、朝陽はあっさりと頷く。

「ええ、まぁ、その通りです」

ごまかしも、嘘《うそ》も、口にするつもりはない。そもそも、魔王の質問はほとんど確信を持って口にされていると感じていた。

「どうして分かっていたのに俺を殺さなかったんですか？」

むしろ、気になるのはその一点だ。

魔王は朝陽の目をじっと見つめ、視線を逸《そ》らすことのないまま口を開いた。

「お前が俺を助けたことが不思議だったからだ」

それは――――まぁ、そうだろうな、とまたも朝陽は思う。

自分でも、正直どうかと思わなくはない。

「それでも、普通《ふつう》は殺すと思いますけど」

危険だとは、思わなかったのだろうか？　魔王を倒《たお》すのに、聖女の存在は必須《ひっす》だという。それは逆に言えば、聖女さえ始末すれば、少なくとも次の聖女が喚《よ》ばれるまでは、安心ということでもある。

ひょっとして、自分が男だから『聖女』であることに気づいていないのだろうか？

治癒術を使えるのは聖女だけらしいのだが、それを魔族も知っているのかは分からない。などと思ったのだが……。

その疑問は、次の言葉で即座《そくざ》に否定されることとなった。

「お前が気づいているかは分からんが、魔力のほぼすべてを俺のもので上書きされて、お前はもはや俺の眷属《けんぞく》になっている。つまり『聖女』といえども殺そうとすればいつでも殺せる。ならば疑問を解消してからでも遅《おそ》くはないだろう？」

「魔力を上書き……？」

眠《ねむ》っている間に、なんらかの処理がなされたということだろうか？　そう思って、小さく首をかしげたのだが……。

「すべての魔力を使い切って瀕死《ひんし》だったお前の腹に、散々注いでやっただろう？」

ニヤニヤと笑われて、朝陽は目を見開く。同時に、カッと頰に血が上《のぼ》った。

そういえばあのとき『まだ足りぬはずだ』と言われたことを思い出す。

あれによって魔力が注がれ、上書きされたのかと、羞恥《しゅうち》に顔から火を噴《ふ》きそうになりながらも理解した。

「俺がお前に魔力を与《あた》えたから、お前はこうして生きているんだ」

なるほど。単に殺せるように魔力を上書きして眷属とやらにしただけでなく、延命のための措置《そち》だったらしい。

「なんで、そんな余計なこと……」

「余計なことか？ ……お前がそう思うに至ったのはなぜだ？ 俺を助けたことと無関係ではあるまい」

命を助けられてそれかと怒《おこ》り出すこともなく、魔王はますます興味深げに身を乗り出す。

その態度に思うところがなかったわけではないが、朝陽はため息を一つ零《こぼ》すと口を開いた。

この男が自分を生かした理由は『疑問を解消するため』だ。

つまり、話してしまいさえすれば自分は速《すみ》やかに始末されるだろう。ここでどうして生かしたのかなどと問答したことさえ無駄《むだ》になる。

「何から話せばいいのか迷いますけど……」

「時間はたっぷりある。順に話せばいい」

そう促《うなが》されて、朝陽は少しの間思案すると、再びため息をつく。

「――まず、俺はこの世界の人間ではありません」

「ふむ？」

「ここは違う世界から、召喚術《しょうかん》とかいう術で喚び出されたんです」

「なるほど。聖女はここは違う理《ことわり》の世界から生まれ出《い》ずるという話は、耳にしたことがある」

「そういうわけですから、俺は、元々クーデリア王国に対して忠誠を誓《ちか》っていたわけではないんです。……むしろ、こんな世界に喚ばれて恨《うら》んでいたと言ってもいいくらいです」

「ならばなぜ、ここまで来た？」

「あなたを倒せば、元の世界に帰してやると言われたんですよ」

不思議そうに問われて、朝陽は答えを口にする。もちろん、口にすることで相手が不快に思うだろうことは分かっていたけれど……いや、どうだろう。この男ならそれも笑って済ませそうではある。

実際、朝陽の答えを聞いても表情に変化はなかった。

「他《ほか》にも理由がないわけではないですが、まぁ主な理由はそれです」

魔族に苦しめられている人たちがいるのだという話を聞いたのも、理由の一端《いったん》ではある。自分が協力しない限り、民《たみ》の苦しみに終わりはないのだと……半ば脅《おど》しのようなものだ。自分とは関係のない世界のことだが、気分のいいものではない。

とはいえ、やはりそれはほんの少しの後押しに過ぎない。

自分が帰るために必要な行動で、その上で人が助かるというならば悪いことではないという程度だ。

「俺を倒せば、か？　助けたこととは矛盾《むじゅん》しているな」

その言葉に、朝陽は話の途中《とちゅう》だったことを思い出し、こくりと頷《うなず》く。

「────……裏切られたんです」

一瞬言葉に迷ったけれど、ごまかしても仕方がない。朝陽は取り繕《つくろ》うこともなく、事実を口にした。

「あなたを倒した直後、本当は帰す気なんてなかったと、背中から斬《き》られました。まぁ、自己治癒能力が高すぎたらしくて助かってしまったんですけどね」

これ ばかりは、ライハルトにとっても誤算だっただろう。旅の間、朝陽は常に後衛であり、怪我《けが》をすることはほとんどなかった。そのせいで朝陽自身すら、自己治癒能力の高さに気づいていなかったのである。ライハルトたちが知らないのも当然だ。

魔王《まおう》は朝陽の言葉に、軽く目を瞠《みは》ったあと「そういうことか」と呟いた。

思ったより驚《おどろ》いてはいないようだ。傷は治っていたものの、朝陽の背中は血まみれだっただろうし、ある程度は予測していたのかも知れない。

「それで、復讐《ふくしゅう》のために俺を助けたのか？」

そう言われれば確かに、魔王を助けた行為《こうい》は復讐になるのだろう。けれど、あのときの自分にはそんな意識はなかったように思う。

朝陽はあのときの自分の心情を思い出し、迷いながらも口を開いた。

「あのときはただ、あなたに取りすがっている魔族たちの声が、あまりにも悲愴《ひそう》で……かわいそうで……」

きちんと考えてのことではなかったと思う。何もかもどうでもいいような気もしていたし、むしろ勝手に体が動いたようなものだ。

けれど――ひょっとするとあのときの魔族たちが、母親の遺体にすがりついていた朝陽自身と、重なって見えたのかも知れない。

朝陽は母親を、病気で亡《な》くしている。

それは、母親の再婚《さいこん》直後のことだった。実父が亡くなったのは、まだ自分が二歳になる前のことだったという。それ以降ずっと一人で朝陽を育ててくれた母が、再婚を決めたのは朝陽が中学二年のときだ。

これから、ようやく母は重荷を下ろし、幸せになれるのだとそう思っていた矢先のこと。母にがんが見つかった。

医者は手を尽《つ》くしてくれたと思う。担当の看護師にもよくしてもらい、母だけでなく、朝陽自身もメンタル面を支えてもらった。朝陽がのちに看護大学に入学したのも、その看護師の印象が強かったからだ。

けれど、結局母は助からなかった。

朝陽だけでなく、義父の嘆《なげ》きも大きかった。それはそうだろうと思う。朝陽のような大きな子どもがいてもいいから妻に、と望んだ女性が亡くなったのだ。朝陽自身、亡くなったのが自分であればどれだけよかっただろうと思うほどだ。

その後は、義父の連れ子である義姉《あね》と朝陽の年齢《ねんれい》が近かったこともあり、互《たが》いへの気まずさから朝陽は高校入学時から寮《りょう》に入ることになった。それは大学に入学しても続くことになったため、この三年と少しの間、朝陽は義父と義姉の暮らす家に全く帰っていない。年に数回外で義父と会う程度の付き合いだ。もう義姉の顔などほとんど覚えていない。

それでも、大学の学費や生活費などを出してもらえることには感謝していた。専門学校ではなく大学に進んだのも、義父がそれくらいの義務は果たさせてくれと言ってくれたからだ。家族だとは思えなかったけれど、恩のある相手だという気持ちは大きい。

それに報《むく》いるためにも、あのとき自分が助けられたように、誰《だれ》かを助けることができるようなきちんとした看護師にならなければいけなかったのに。

――もう、叶《かな》わない。

しかし、だからこそ、あの嘆きの声に耐《た》えられなかったのかも知れない。

「結局は、俺がしたくてしただけなんです。俺が勝手にかわいそうだって思って、もう居場所もなくて死んでもいいような俺が助かるより、あんなに悲しんでいる彼らの気持ちが救われるべきだって、思ったのかな……」

やっぱり、あのときの気持ちを正確になぞることはできず、最後は独り言のようになった。

けれど、きっとそういうことなのだろう。

まったく合理的ではない、ただ自分の感情に従っただけの行動だった。

「……これで全部です」

疑問は解消されただろうか？

されなかったとしても、これ以上語れることは何もなかった。

「なるほどな」

魔王はそう言って頷く。

「とりあえず、居場所がないというならここにいればいい」

「……は？」

何を言われたか分からず、朝陽はぱちりと瞬《またた》いた。

ここにいればいい？　そう言ったのか？

「殺す殺さないって話じゃありませんでした？」

「そんなこと言ったか？」

とぼけるような言葉に、朝陽は少しだけむっとして眉《まゆ》を顰《ひそ》める。

「俺を生かしたのは、俺があなたを助けた理由を訊《き》きたかったからだって……」

それは裏を返せば、理由さえ聞けばこれ以上生かす必要はないということだと、そう思っていたのに……。

だが、そんな朝陽に魔王は愉快《ゆかい》そうに口角を上げた。

「確かに、そう言ったな。だが、聞き終われば殺すと言ったつもりはないし――――何より、お前の答えが気に入った」

「気に入ったって……俺は、あなたの敵ですよ？」

自覚もない上に男だが、曲がりなりにも聖女ということになっているのだから、天敵と言ってもいいだろう。

「眷属《けんぞく》になったと言っただろう？」

「それは、聞きましたけど……」

そのおかげで、聖女であっても殺せるという話だったと思う。

いや、眷属という言葉の意味からすると、今後は部下というか、家来として働けという意味なのだろうか。

そんなことを考えていると……。

「そもそも、お前はしばらく俺の下《もと》を離《はな》れることはできないし、ここにいろというのは合理的な判断だと思うがな」

「ちょっと待ってください」

また知らない事実が出てきた。

「それは聞いてないですけど……。離れられないってなんですか？」

「言わなかったか？」

魔王はそう言うと、楽しげな笑《え》みを浮《う》かべる。なんとなくいやな予感がした。

「お前を俺の眷属にしたと言っただろう？　魔力が馴染《なじ》むまでは、俺から長く離れると拒絶《きょぜつ》反応が出る。距離《きょり》が離れれば離れるほど、お前自身が俺の魔力を求める力が増して、俺が命じなくとも俺の下に戻《もど》りたくてたまらなくなるはずだ」

そんなことを楽しそうに言われて、朝陽は思わず口元を歪《ゆが》める。

「戻りたくてたまらなくなるって言われても……つまり精神に作用するものなんですか？」

「先に影響《えいきょう》が出るのは肉体のほうだろうな。どれだけ喉《のど》が渇《かわ》いていても、水を与《あた》えられるのは俺だけ、という状況《じょうきょう》に近いと言えば分かるか？　俺の近くにいれば、それだけで多少は俺の魔力が与えられる。だが、遠く離れればお前は渇いていく一方になる。当然その状況が続けば精神にも影響は出るだろう」

「なるほど……」

分かりやすい説明に、朝陽は頷《うなず》く。とりあえず、理解はできた。だが、理解できることと納《なっ》得《とく》することは別である。

「その症状《しょうじょう》はどれくらい続くんですか？　さっき、しばらくと言いましたよね？」

「ああ、言ったな。お前に俺の魔力《まりょく》が馴染み、お前自身の中で魔力の循環《じゅんかん》が始まれば問題なくなる」

「それは、どれくらいかかるんですか？」

朝陽の問いに、初めて魔王は言い淀《よど》んだ。

「……予想がつかん。お前が魔族ならばそれほど時間はかからなかったはずだが、人間だからな。その上聖女だ。ただの人間以上に時間がかかる可能性は高い。あとは……」

そこまで言って一度言葉を切ると、じっと朝陽を見つめる。

なんだろうと、警戒《けいかい》してわずかに身を引こうとした朝陽の手を、テーブルに押さえつけるようにして握《にぎ》った。

「魔力を注ぐ頻度《ひんど》にもよるな」

「っ……」

囁《ささや》くように告げられた言葉に、朝陽はまさかと思って相手を見つめる。

「注ぐって、また……あんなこと、するんですか？」

「察しがいいな」

にこにこと笑われて、とっさに手を振《ふ》り払《はら》おうとした。けれど、離れない。

むしろ強く握られた。

「いやそうな顔をしているが、さっきも言っただろう？　足りなくなってくればむしろ欲しくなるのはお前のほうだぞ」

「……いやすぎるんですが」

先ほどの話だと、最初は肉体的に、そしてそれを我慢《がまん》しようとすれば精神にも作用が及《およ》ぶという。

「ちなみに、我慢した場合ってどうなるんでしょうか？」

「俺の前で身も世もなく俺を欲しがり、すがりついて情けを請《こ》いたいというなら、それはそれで歓迎《かんげい》しなくもないぞ？」

最低の答えに、朝陽はうんざりしてため息を零《こぼ》した。

そんなのは考えただけでもぞっとする。もちろん、素直《すなお》に抱《だ》かれることにだって、大いに抵《てい》抗《こう》があるのだが……。

「そもそも、あなたはそれでいいんですか？　いや、あなただけじゃなくて、その、魔族の人たちは……」

魔王が、天敵と言ってもいい存在である聖女を生かすために、眷属にして魔力を分け与えるなんて、魔族は納得するのだろうか？

朝陽のほうはいい。今更《いまさら》、クーデリアの人間たちに肩入《かたい》れする理由も、義理を感じる必要もない。

そもそも魔王を助けた時点で、自分はあの国を裏切っているのだ。

もっとも、先に裏切られたのは朝陽のほうなのだから、罪悪感などあるはずもないけれど……。

――最初からお前を元の世界に帰すつもりなどなかった。

ライハルトの言葉を、嘲《あざけ》るような声を思い出す。

クーデリアの人間たちは、最初から自分を騙《だま》すつもりだったのかと思うと、怒《いか》りよりもむなしさのようなものを感じてしまう。

現代の日本で、ごく普通《ふつう》の生活をしてきた朝陽にとって、ここまでの旅はつらいものだった。もちろん、王子であるライハルトが同行していたのだから、ある程度の配慮《はいりょ》はあったのだと思う。

だが、魔物とはいえ、生き物を殺すのを間近に見ることや、命の危機にさらされることはもちろん、テント寝袋《ねぶくろ》もなしに野宿することすら、これまでの人生では無縁《むえん》だった。

過酷《かこく》でないはずがない。そんな思いをしてまで、この魔王城にたどり着いたというのに、結果はあれだ。

やさしくしてくれた人がいなかったわけではない。突然《とつぜん》異世界に来て魔王討伐《とうばつ》に向かわせられる朝陽に同情してくれた人もいた。パーティの中には少し親しくなった者もいる。けれど、今となってはあいったものもすべて、自分に旅をさせるための嘘《うそ》だったのかも知れないと思ってしまうけれど……。

「――……この部屋は、普段は使われていない部屋でな。急遽《きゅうきょ》整えさせたが、不都合はあったか？」

唐突《とうとつ》な問いに、思い出して落ち込みそうになっていた朝陽は、いつの間にか俯《うつむ》いていた顔を上げ、頭《かぶり》を振った。

「いいえ。むしろ至れり尽《つ》くせりって感じでしたけど」

だからこそ戸惑《とまど》ったというのもあるのだが。

「そうか」

魔王は満足気な様子で頷く。

「部屋付の者はサファリスという。自らお前の部屋付に志願した者だ」

「……そうなんですか？」

おそらく先ほどの少年のことだろう。

なぜそんなふうに言ってくれたのだろう？　確かに友好的な雰囲気《ふんいき》は感じたけれど……。

「不思議か？」

「それは……そうでしょう？」

頷くと、魔王はテーブルに置かれたベルを手に取って、軽く振った。

涼《すず》しげな音が鳴り響《ひび》き、ほとんど間を置かずに部屋のドアが開く。

「お呼びでしょうか」

入ってきたのは先ほどの少年……サファリスだ。ずっとそこに控《ひか》えていたのだろうかと、朝陽は目を丸くする。

「聖女が――いや、そういえば、お前の名を聞いていなかったな。名はなんという？」

言われてみれば自己紹介《しょうかい》すらしていなかった。

「朝陽です。袴田朝陽《はかまだあさひ》」

「アサヒか」

答えると魔王は頷き、再びサファリスを見る。

「アサヒにお前が部屋付に志願した理由を話してやれ」

サファリスが「かしこまりました」と微笑《ほほえ》んで朝陽を見つめた。

「聖女様は覚えておいでではないようですが、陛下がお倒《たお》れになった際、私は陛下のおそばにおりました。あの忌《い》ま忌ましい剣《けん》に触《ふ》れることも叶《かな》わず、嘆《なげ》くことしかできぬ私たちの前で、聖女様が陛下をお助けくださったのです」

「あのときの……」

魔王にすがるようにしていた魔族の一人が、サファリスだったらしい。見覚えがあったのも道理だろう。

「だというのに私はこの手で、あなた様を殴《なぐ》りつけてしまった。その罪を少しでも濯《そそ》がせていただきたいのです。そして、感謝を伝えさせていただけたらと……そのために部屋付に志願させていただきました」

「罪って……」

子どもに叩《たた》かれた程度のことだ。しかもあの状況《じょうきょう》では仕方なかっただろう。

「俺は、全然気にしていません。むしろ、殺されても仕方ないような状況だったし……」

「なんとおやさしい……。やはり聖女様は魔族にまであまねく慈悲《じひ》の心をお持ちなのですね」

涙《なみだ》を浮《う》かべたキラキラとした目で見つめられて、朝陽は困惑《こんわく》する。そんなことは全くない。実際、朝陽がここに来たのは勇者パーティの一員としてだったわけだし、そもそも魔王が倒されたのも自分たちによるものだ。こんなふうに感謝されるのはどう考えてもおかしい。

おかしいのだが……。

「あの、俺はあなたたちに恨《うら》まれるほうの人間だと思います。魔王様が助かったのは成り行きというか……感謝される資格なんてないんです」

正直にそう口にした朝陽に、サファリスはぱちりと瞬《まばた》き、それからそっと微笑んだ。

「聖女様が手を下されたわけではないでしょう？　言ってみれば、暴れているドラゴン——いえ、暴走する馬車、と申し上げた方が分かりやすいでしょうか。聖女様は馬車に同乗なさっていただけです。馬車が誰《だれ》かを轢《ひ》いたとして、聖女様にどれほどの罪がございましょう？

もちろん無罪ではないかも知れません。けれど、結果として聖女様は陛下を助けてくださったんです。そして今は陛下の眷属《けんぞく》となられた。私はこれからも聖女様に、誠心誠意尽くさせていただきます」

深々と頭を下げられて、朝陽は助けを求めるように魔王《まおう》を見る。だが、返ってきたのはそれ見たことかと言わんばかりのどや顔である。

これが『聖女が眷属になって魔族側は問題ないのか』という問いに対する答えということなのだろう。

朝陽は零れそうになったため息を飲み込んだ。

「あの……しばらくお世話になるようなので、こちらこそ、よろしくお願いします。ただ、俺のことはできれば朝陽と呼んでもらえると……聖女、は落ち着かないので」

「私などにそのような礼をお取りになる必要はございません。――では、アサヒ様、と呼ばせていただきます」

そう言うとサファリスはもう一度頭を下げ、退室していった。

ドアが閉まると、朝陽は大きなため息をつく。

「分かったか？」

「……分かりました」

渋々《しぶしぶ》ではあったが頷《うなず》くと、魔王は「よし」と笑って立ち上がった。

「さて、このあとは城の案内でもしてやろう」

「え、ちょっ……魔王、様⁉」

言いながらも手を引かれて、朝陽もまた立ち上がる。

「エルと呼べ」

「エル……」

「エルキディウスという名だ。眷属だからな、特別に呼ばせてやろう」

何がどう特別なのか分からないが、とりあえず本人がそうしろと言うのだから、名前で呼んだほうがいいのだろう。

魔王と呼ぶよりはよほど呼びかけやすくはあるけれど……。

部屋のドアを開けた途端《とたん》、続く四畳《じょう》ほどの小さな部屋にサファリスがいたことには驚《おどろ》いたが、エルキディウスは当たり前の顔をしていた。

なるほど、ここで控えていれば、ベルの音が聞こえたときにすぐに顔を出せるということなのだろう。

「城の案内をしてくる」

「かしこまりました。行ってらっしゃいませ」

サファリスは当然のようにドアを開けてくれた。そのまま見送られて部屋を出る。

けれど……。

「やっぱり変じゃありませんか？」

「何がだ？」

「サファリスさんのことです」

彼が部屋付に志願してくれた理由は分かった。朝陽としては破れかぶれでやったことだし、殴られたことだって全く気にしていない。だが、心情はどうしても理解できないというわけではなかった。

もしも治療《ちりょう》の甲斐《かい》があって、母が助かったならば、自分も医者に対して、衷心《ちゅうしん》から感謝しただろう。

けれど……。

「サファリスに何か問題があったか？」

「サファリスさんがどうってことじゃなくて、部屋付がいること、それ自体です。別に牢《ろう》に入れろというわけじゃないですけど、こんな厚遇《こうぐう》が受けられる立場じゃないっていうか……」

「おかしなやつだ。不快でないなら受け入れておけばいいだろう？　俺の命を助けた恩人として、遇されているのだぞ？」

だが、殺そうとして乗り込んだことも事実である。もちろん、朝陽自身が手を下したわけではないけれど……。こういうのをマッチポンプというのではないだろうか。

「全く……おかしな人間もいたものだ」

エルキディウスは呆《あき》れたように言ったが、表情はむしろ楽しげだ。

「まぁ、そのうち慣れる」

そうだろうか？　だが、助けがあるのは実際のところありがたいことではある。魔族の生活様式というものが分からないし、着の身着のままどころか、服すらも借りているような状況だ。

心苦しくはあるけれど、しばらくエルキディウスのそばで暮らさなければならないというならば、何かおかしなことをして迷惑《めいわく》をかけるよりはいいのかも知れない。

「……お世話になります」

「ああ、任せておけ」

エルキディウスはおかしそうに笑った。

そのうち仕事なりなんなり、自分にもできることを紹介して欲しいところだが、とりあえずは現在の状況をきちんと把握《はあく》しようと思う。

そのまま、エルキディウスは言葉通り城内を案内してくれた。

「この階から上は、寝室《しんしつ》を含《ふく》めた俺の私室のようなものだな。世話役の者以外が入ってくることはまずないから、お前も自由に歩き回るといい。だが、この階段の下には、執務室《しつむ》がある関係で政《まつりごと》に携《たずさ》わる者たちの出入りがある」

「こんな場所あったんですね……」

一応、一度はここに乗り込んだ身である。

「お前たちが入ってきたのは謁見《えっけん》の間までだからな。砦《とりで》としての役割はすべてあのあたりに固めてある。ここは更《さら》に奥にあるし、建物自体も別だ」

謁見の間、というのはおそらくだがエルキディウスと戦闘《せんとう》になったあの広い部屋のことだろう。同時に、自分が斬《き》られた場所でもあるのだが……。

「陛下！」

突然《とつぜん》、階下から声がして、朝陽は手すりから下へと視線を向けた。

そこにいたのは、女性らしき魔族だ。金色の髪《かみ》の間から生えた二本の角は大きく、肌《はだ》は雪のように白い。露出度《ろしゅつど》の高いドレスのような形の鎧《よろい》を身にまとっていた。

あまり魔族に対しての悪感情がないせいか、朝陽は素直《すなお》に美人だなと思った。だが、相手は朝陽の姿を見ると不快気に眉《まゆ》を顰《ひそ》める。

「メリダか……ここでなにをしている？」

「陛下の御身《おんみ》が心配で……。それより、その者はなんなのです？　なぜ……その人間から陛下のお力を感じるのでしょう？」

「それはもちろん、俺がこの者を眷属としたからだ」

メリダの問いに、エルキディウスは当たり前のことのように淡々《たんたん》と答えた。

しかし、それを聞いた途端、メリダの目が大きく見開かれ、目尻《めじり》が吊《つ》り上がる。

「まさか……」

メリダは朝陽を睨《にら》みつけた。

「なぜそんなことを！」

怒《いか》りのこもった声でそう口にすると、メリダは朝陽を睨《にら》みつけた。

「聖女を眷属にしたなどと、聞くもおぞましい噂《うわさ》を耳にいたしましたが、まさか……」

射殺されそうな鋭《するど》い視線に、朝陽は思わず身をすくめる。だが、すぐにその目からかばうようにエルキディウスが一歩前へと足を進めた。

「おぞましい？　何か問題があるか？」

朝陽の位置からでは、エルキディウスの顔は見えない。けれど、メリダの目が何かを恐《おそ》れるように伏《ふ》せられたのは分かった。

「お前には関係のないことだ」

温度の感じられない声で、突《つ》き放すようにエルキディウスが言う。

「それとも、俺のすることに文句があるというのか？」

「とっ……とんでもございません……！」

メリダが慌《あわ》てたように顔を上げ、大きく頭《かぶり》を振《ふ》る。元から白かった顔は、更に色を失い青ざめていた。

「私は、そんな……――出過ぎたことを申しました。申し訳ございません。……御前《ごぜん》、失礼いたします」

「許す」

メリダはエルキディウスの言葉に深々と頭を下げると、そのまま顔を上げることなく踵《きびす》を返した。

その後ろ姿を見つつ、朝陽はどうにもいたたまれないような気分になる。睨まれたのは怖《こわ》かったけれど、むしろあのメリダの反応こそが、朝陽の予想していたものだったし、魔族《まぞく》としては当然だと思える。

だが、それとは別に……おそらくだが、メリダはエルキディウスのことが好きなのではないだろうか？　サファリスのような、崇拝《すうはい》に近い感情ではなく、いわゆる恋愛《れんあい》的な意味で……。

先ほど自分を睨みつけていた目には、単なる憎悪《ぞうお》ではなく、嫉妬《しっと》のようなものを感じた。

だが、そうだとすると、エルキディウスのことを案じてここまで来たのに、追い払《はら》われるように去って行ったのがかわいそうになる。

エルキディウスのほうは、彼女に対して特別な感情はなさそうだし……。

こういう場合に何を言っていいか分からず、朝陽はちらりとエルキディウスを見上げた。

「なんだ？」

「えっ、いや、その……追いかけなくていいんですか？」

「必要ない。行くぞ」

素っ気ない答えを口にして、エルキディウスが歩き出す。それを追いながら、朝陽は思わずため息を零《こぼ》した。とはいえ、自分ができることは何もない。

朝陽がエルキディウスの眷属《けんぞく》になったことがショックだったようだが、それに関しても目が覚めたらなっていたのだから、朝陽的にはどうしようもないことだったとしか言い様がなかった。

「――あのような考えの者がいないとは言えんが、サファリスのような者が大半だ」

「え？」

エルキディウスの言葉に、朝陽はパチリと瞬《またた》く。それから、小さく笑った。どうやら慰《なぐさ》めてくれているらしいと気づいたからだ。

「……ありがとうございます」

「事実を言っただけだ」

淡々とした言葉だったけれど、先ほどメリダに投げた温度のない言葉とは違《ちが》うように感じた。

希望的観測かも知れないけれど……。

そのあとは食堂や、浴室なども案内されて、魔族といっても生活様式のほとんどは人間と変わらないのだなと思う。

そして、最後に連れて行かれたのは一つ上の階層だった。

階段を上がり、その先の扉《とびら》を開ける。

「あ……」

そこは、空中庭園だった。あまり花には詳《くわ》しくないけれど、見たことのないようなものも多い。クーデリアの王宮にも花は咲《さ》いていたけれど、そちらは見覚えのあるもののほうが多く、魔族などというものがいる割に生態系は元の世界とあまり変わらないのだろうかなどと思ったものだったが……。

「日が落ちるまではおとなしいから、好きに観賞してもかまわんぞ」

「……日が落ちたらどうなるんですか？」

「ものによるが、血や魔力を吸うものもあれば、毒を撒《ま》くものもある。もっとも毒に関しては死に至るようなものではないし、血や魔力も魔族であれば死ぬまで吸い尽《つ》くされるわけではない。実際庭師が養分として与《あた》えてもいるくらいだからな。だが、お前は俺の眷属とはいえ一応は人である上に、聖女だからな。花にどんな影響《えいきょう》が出るとも分からん。夜に一人で来るのはやめておけ」

エルキディウスの言葉に、朝陽は素直に頷《うなず》いた。

こうして見る限り、どれもきれいな花にしか見えないけれど、そんな話を聞いたら、さすがに夜に来てみようなどという気は起きなかった。

「こんなにきれいなのになぁ……」

呟《つぶや》いて、広い庭園に目を向ける。

夜には恐ろしいことになるとはいっても、今はただただきれいな庭園だ。少なくとも、ここを作った魔族には、花を愛《め》でるという感覚があるのは間違いないだろう。

そんなことを考えていると……。

「あれ、陛下」

「ティラーか。仕事熱心なことだな」

突然エルキディウスに声をかけたのは、人間であれば三十前後に見える男だった。鎧ではなくごく普通《ふつう》のシャツの袖《そで》をめくって身につけている。角は生えていないが、瞳孔《どうこう》がは虫類のように縦長で、腕《うで》の一部にはキラキラとした鱗《うろこ》が生えていた。

幸い、朝陽はは虫類が苦手ではない。ティラーと呼ばれた男に対しても、むしろ親しみやすそうな人――――いや、魔族だなと思った。

「ここに来られるなんて珍《めずら》しいですね」

「アサヒ、この男がこの庭園の世話をしているティラーだ」

「どうも、庭師のティラーです。ひょっとして、噂の聖女様？」

なんだか随分《ずいぶん》と気安い口調だが、いやな気持ちにはならなかった。最初の印象通り、朗《ほが》らかで人なつこそうな男だ。

「まぁ……そう呼ばれたこともあります」

「やっぱり！　なんだか不思議な感じがすると思った。陛下の魔力のせいかと思ったけど、それだけじゃないって言うか……あっ、そうだ！　陛下の命を助けてくれてありがとう！」

ついでのように言われたけれど、その声は衒《てら》いなく伸《の》びやかで、朝陽は思わず苦笑《くしょう》した。

「どういたしまして」

そう返すとティラーはにこにこと笑う。

「あと、ここにある植物は魔力をため込む性質があるんだけど、きみの魔力がどう影響するか興味があるから、実験に協力してもいいと思ったら教えてね」

「……あっ、はい」

先ほどエルキディウスに気をつけろと言われたのとは正反対の提案に驚《おどろ》きつつ、一応は頷く。

まぁ、そんな気が起こることはないと思うけれど。

「ティラー」

エルキディウスに睨まれても、ティラーは笑顔《えがお》のままだ。

「そんなに睨まずとも、陛下の恩人に対して、本人の同意なく実験したりはしないから安心してください」

恩人という言葉に違和感《いわかん》はあるけれど、言葉に嘘《うそ》はなさそうに思えた。

「そういう問題ではないのだがな……」

エルキディウスもそう言ってため息をついたものの、仕方がないというように苦笑を浮《う》かべる。

「それじゃあ、僕は仕事の続きをしてくるから……ごゆっくりどうぞ」

ティラーはそう言って気安い様子で手を振《ふ》ると、さっさとどこかへ行ってしまった。

「なんていうか、ああいう人、いや、魔族？　もいるんですね」

「テイラーはかなり特殊《とくしゅ》だが……まぁ信頼《しんらい》の置ける男ではある。とはいえ、実験に協力する、などとは絶対に言うなよ」

念を押されて、朝陽はくすりと笑って頷く。エルキディウスはなぜか少し驚いたように目を瞠《みは》ったけれど、すぐに視線を逸《そ》らし庭園の中を歩き出した。朝陽も数歩遅《おく》れてそれを追う。

日は少しずつ傾《かたむ》いていたが、まだ夕暮れというには早い。広い庭園だといっても、日が落ちる前に一回りする余裕《よゆう》は十分にありそうだった。

管理が行き届いているのか、花々はどれも瑞々《みずみず》しく、あまり植物に興味のない朝陽の目から見ても美しいと思えた。

やがて庭園の端《はし》までたどり着く。そこからは城の中庭や近くの建物などを見下ろすことができた。

とはいえ、見えるのも城の裏側らしく、自分たちが侵入《しんにゅう》した門などは見えない。

――あのあと、ライハルトたちはどうなったんだろう？

ふとそんなことを思う。もう自分には関係のないことだけれど。

ここまでの旅路は、朝陽にとって決して楽しいものではなかった。単に肉体的につらいというだけでなく、人間関係などの点や価値観の違いなど、様々な場面で精神的に疲弊《ひへい》することも多くて……。

男であることで、聖女としての力が劣《おと》っているのではないかと蔑《さげす》まれ、魔獣《まじゅう》と呼ばれる獣《けもの》たちや魔物、魔族と呼ばれる生き物が殺されるのを直視できないことをばかにされた。

唯一《ゆいいつ》朝陽を苛《さいな》まずにいたのはレストンという神術使いの男だ。彼はパーティの中ではもっとも身分が低く、表立って朝陽をかばうことはなかったけれど、彼らの目のないところでは親切にしてくれることもあった。それだけでもありがたいと思うほどライハルトたちの態度はひどかったのである。

だが、こうなった今となっては、上手《うま》くいくわけがなかったのだと分かる。

彼らにとって、自分は最後には切り捨てるべき存在だったのだから。

「何か気になるものでも見えるか？」

「……いいえ。ただ、その、俺たちが壊《こわ》してしまった場所はここからは見えないんですね」

戦闘《せんとう》になった際、建物にも損傷があったはずだ。

「ああ、あれか。確かに、こちらからは見えんな」

そう言ってエルキディウスは「気になるか？」と首をかしげた。

「それは……まぁ、気になります」

まだ少しだけとはいえ、ここで普通に働いている魔族たちを目の当《ま》たりにしたのだ。その上自分自身もしばらくここで世話になるのだから、攻撃《こうげき》したことが気にならないはずもない。

「心配せずとも修復は終わっているはずだ」

「え？」

いくら何でも早くないだろうか？　壊した箇所《かしょ》を詳しく見ているような時間はなかったけれど、それほど軽微《けいび》なものだったとも思えない。

一部は天井《てんじょう》を崩《くず》してしまった場所もあった気がする。

だが……。

「そういったことの得意な者がいるからな」

建築が？　いや、修復が、だろうか。それにしてもこんなに短時間で……。随分とすごい技術があるのだなと、そう考えてからふと気づく。

「ひょっとして、魔法ですか？」

「そうだな」

あっさりと肯定《こうてい》されて、予想していたもののやはり驚いた。魔法というのはそんなこともできるものなのか。

朝陽がこれまでに知った魔法は、魔物がこちらに向けてくる攻撃魔法ばかりだ。クーデリアの人間は、人の使うものは『神術』と呼ぶと言っていたが、その神術にしても朝陽の使う治癒《ちゆ》術の他《ほか》は火や水、風を起こすといったものしか見たことはない。ライハルトたちはそれを攻撃に転用していたのだが……建物の修復にどんな魔法が使用されるのか、朝陽には予想がつかなかった。少なくとも自分の知る範囲《はんい》の魔法ではなさそうだ。

「魔法ってそんなこともできるんですね」

「すべてがなせるわけではないがな。特に、お前の使う治癒魔法に関しては、この世界に使える者はお前だけだろう。――――いや、他に異なる世界から召喚《しょうかん》された者がいるなら、別だが……」

「確かに、いないとは限らないですよね」

エルキディウスが治癒術を治癒魔法と呼んだことは少しだけ気になったが、それ以上にそのあとの言葉のほうが気にかかる。

クーデリアで聖女として召喚されたのは自分だけだったし、召喚というのは大変な術式なのだということは聞いていた。マナを大量に消費するため、めったなことでは行えないのだという。だが、人の住む国はクーデリアだけではないだろう。

この世界について詳《くわ》しく知る時間もないままここまで来たが、魔族に困っているというならば他の国でも聖女を召喚していてもおかしくはない気はする。

聖剣《せいけん》も、国ごとに所蔵しているのだろうか？　そうだとしたら、魔王というのも大変な立場だな……などとつい思ってしまう。

そのあとはエルキディウスと一緒《いっしょ》にぶらぶらと歩き、日が傾き始める頃《ころ》には庭園をあとにした。

「あの、サファリスさん」

「はい、なんでしょうか」

夕食後、就寝の準備を終えた朝陽はソファでお茶を飲んでいた。脇《わき》にはずっとサファリスが立っており、他に室内に人――いや、魔族はいない。

先ほどから何度か、サファリスも席について一緒にお茶をと誘《さそ》っているのだが、サファリスは頑《がん》として頷《うなず》かなかった。

「せめて、座ってもらえませんか。それで少しお話を聞かせてもらえたらって……」

もちろん、自分だけ飲み物があるという状況《じょうきょう》は落ち着かないが、給仕《きゅうじ》のためとはいえずっと立っていられるのはどうにも居たたまれない。

「……分かりました」

しばらく思案したのち、サファリスは頷いて、広いソファの隅《すみ》に腰掛《こしか》ける。ようやく譲歩《じょうほ》が得られたことに、朝陽はほっと胸を撫《な》で下ろした。

「それで、お話というのは……」

「え、ええと」

正直なところ口実ではあった。だが、訊《き》きたいことがまるでないかといえばそうではない。

「魔王様って、どんな人――――じゃなくて、どんな方ですか？　サファリスさんから見て」

「陛下ですか？　それはもちろん、素晴《すば》らしい方です」

具体性のない返答に、朝陽は言葉に詰《つ》まった。

いや、確かに今日は数時間一緒にいたが、これまで朝陽が持っていた『魔王』というイメージとは違《ちが》う人物であることは分かった。

というか、そもそも『魔王』には、魔族の王であり悪の極点、というような……曖昧《あいまい》なパブリックイメージしかなかった。

具体性のなさではいい勝負である。

「例えば、どんなところが……」

「どんな？」

朝陽の言葉に、サファリスは不思議そうな顔になる。

「もちろん、すべてです。お姿、お声、立ち振《ふ》る舞《ま》い、お考えなど……すべてとしか言いようがございません」

「……すごいですね」

「ええ、本当にすごいお方です」

朝陽としては、その信仰《しんこう》にも近い考えをすごいと言ったのだが、サファリスはエルキディウスのことを言われたと思ったようだ。

あえて訂正《ていせい》する必要もないかと、朝陽は零《こぼ》れそうになったため息をごまかすようにカップに口をつけた。

「いつもこんな時間まで仕事をしてるんですか？」

「いえ、もちろん、謁見《えっけん》を求める者は普段《ふだん》から多いです。我々魔族にとって、陛下からお言葉を賜《たまわ》ること以上の褒美《ほうび》はありませんので。けれど、今日は陛下の御身《おんみ》を案じる者が詰めかけておりまして……」

「ああ、そうですよね」

一度は死にかけたのだから、当然といえば当然なのだろう。

「魔族の皆《みな》さんは本当に、魔王様のことが大好きなんですね」

「はい。当然です」

衒《てら》いなく頷かれて、朝陽は毒気を抜《ぬ》かれてしまう。もちろん、クーデリアで言われていたような絶対的な悪としての魔王では決してないことはもう分かっているけれど……。

臣下にここまで愛される君主というのも、なんとなく不思議な気がする。

「魔族の方は、みんなそんな、サファリスさんみたいに魔王様を崇拝《すうはい》されているんですか？」

「ええ、そうですね。純粋《じゅんすい》な魔族であれば、間違《まちが》いなく」

その言い方に何か引っかかるものを感じたけれど、それがなんなのかはっきりと形になることはなかった。ドアが開き、エルキディウスが入ってきたからだ。

サファリスは素早く立ち上がると、深々と頭を下げ、茶器をトレイに載《の》せてさっさと部屋を出て行ってしまう。

「魔《ま》――――エル？　どうしました？」

「ようやく仕事が終わった」

朝陽は、寝室《しんしつ》に現れたエルキディウスに首をかしげた。

寝《ね》る前の挨拶《あいさつ》に来てくれたのだろうか？　いや、魔王自らそんなことをするだろうかと考えていたら、エルキディウスは当然のようにベッドへと向かった。

「どうした？　寝ないのか？」

「どうしたって言われても……」

どういうことだ？

状況が分からず、朝陽は困惑《こんわく》し眉尻《まゆじり》を下げる。

「すみません、確認《かくにん》ですけど、ここはエルの寝室なんですか？」

「いや、お前の部屋だ。俺の部屋は別にある」

だったらどうして、我が物顔でベッドに入ったのだろう？

そう思ったのが伝わったのだろう。エルキディウスは、何かに納得《なっとく》したように頷いた。

「魔力が馴染《なじ》むまでは、離《はな》れられないと言っただろう？　起きている間は俺も忙《いそが》しいからな。一緒に寝ていれば夜の間に多少は補完されるというわけだ」

「……なるほど？」

理屈《りくつ》は分かった。確かに魔王というのもいろいろと忙しいのだろう。俺がいちいちそれについて回るのも現実的ではないのかも知れない。

けれど……。

「一緒に寝るのは、ちょっと……抵抗《ていこう》があるというか」

これがただの男友達ならば、気にしなかった。実際、高校時代の寮生活《りょうせいかつ》では二人部屋だったし、遊びに来た友人と雑魚寝《ざこね》などをしたこともちろんある。

だが、エルキディウスには一度抱《だ》かれているせいで、どうしても意識してしまうというか……。

「そうか。ふむ……いやだというなら三日に一度抱いてやろう。それならば他《ほか》のときは共にいなくとも大丈夫《だいじょうぶ》のはずだ」

「添《そ》い寝でお願いしますっ」

迷うことなく、やや食い気味にそう言い切った朝陽にエルキディウスは声を上げて笑った。

「ならばさっさと来い」

言いながら、上掛《うわが》けを持ち上げてくれるエルキディウスに、一瞬《いっしゅん》ためらったものの、朝陽は素直《すなお》に近付き、ベッドへと滑《すべ》り込む。

エルキディウスが小さく何か呟《つぶや》くと、部屋の明かりが落ちた。おそらく魔法だろう。便利なものだと思うが、同時に少し懐《なつ》かしくも感じた。高度に発達した科学は魔法と見分けがつかない、という言葉を思い出す。

「サファリスはどうだ？　よく仕えているか？」

「え？　あ、はい……その、とてもいい人――じゃなくて、魔族、ですね。少し申し訳ないくらいです」

話しかけられたことに驚《おどろ》きつつ答える。

「あの者は好きでお前に仕えているのだから、気にする必要はない。むしろ、喜んでいるだろう」

「はぁ……」

昼間も聞いたけれど、それでも落ち着かない気持ちはある。

「城のことは何でもサファリスに訊けばいい。ああ見えて二百年ほどここにいるからな」

「……？」

なんだかおかしなことを聞いた気がして、朝陽はゆっくりと瞬《まばた》きをした。それから思わずエルキディウスのほうへと寝返りを打つ。

「二百年って言いました？」

「言ったな」

「サファリスさんが、この城に二百年住んでいると？」

「ああ、それくらいだったと思うが……正確なところは本人に訊いてみるといい」

あっさり返されて、朝陽は口を閉《と》ざす。そして、子どもに対するような態度を取らなくてよかった、と内心考えながら小さくため息をついた。

「どうかしたか？」

「……そんな歳《とし》には見えなかったので」

「ああ、なるほど……魔族は外見と年齢《ねんれい》の関係が、人間のそれとは違うからな。特に、サファリスは今、体内の魔力が減少しているから燃費のいい姿を取っているのだろう」

どうやら、あの姿は省エネの結果ということらしい。

けれど……。

「体内の魔力が減少って、それ、大丈夫なんですか？」

魔族特有の病気とかなのだろうかと心配になって尋《たず》ねると、小さく笑った気配がした。

「俺が死にかけているのを見て、必死に魔力を注いだせいだ。そのうち元《もと》に戻る」

なるほど、そういうことか、とほっとする。

そうしてぽつりぽつりと話をするうちに、朝陽はゆっくりと眠《ねむ》りに落ちていった……。

「こんなに平和でいいのか……？」

魔王城の奥、与《あた》えられた部屋のテラスのテーブルでお茶を飲みつつ、朝陽はため息を零《こぼ》した。

ここでの生活が始まって、今日で五日。

エルキディウスはこの時間は仕事で執務《しつむ》室に詰《つ》めている。朝陽は、一昨日《おととい》くらいまではまだ城の中をうろうろしてみたり、庭園を散歩してみたりしていたのだが、働いている魔族を見ると一人でぶらぶらしているのがなんとなく申し訳ない気がして、結局昨日と今日は部屋でぼんやりと過ごしてしまっていた。

それはそれでサファリスが何くれとなくかまってくれて、ありがたいような申し訳ないような気持ちになるが……。現在飲んでいるお茶も、当然のようにサファリスが用意してくれたものだ。サファリスが楽しそうに面倒《めんどう》を見てくれるので放っておいて欲しいとも言いづらい。

いや、実際一度は言ったのだ。

そんなに面倒を見てくれなくていいから、サファリスも自由にして欲しいと。

その結果「お邪魔《じゃま》でしたでしょうか」としょんぼりされて、逆に罪悪感にさいなまれることになったため、もうとにかく感謝だけは忘れずに、好きに世話をしてもらうことにしている。

ちなみにその際、体内の魔力が減っていると聞いたけれど大丈夫なのかとも訊《き》いてみたのだが、その点は問題ないらしく、少し安心した。

ただ、あのとき魔力が残っていたら朝陽に魔法で攻撃《こうげき》をしていたので、無くなっていてよかったと言われたのには少し驚いたが。

ともかくこちらに来て以来、ずっと殺伐《さつばつ》とした生活を送っていたから、こんな何不自由ない暮らしを与えられるとなんだか落ち着かない。

「何か、俺にできることとかってないのかな……」

こんなふうに何もせずに、ただ面倒を見てもらうだけなんて、さすがに人としてどうかと思う。

そもそもこちらに来る以前から、朝陽は誰《だれ》かに面倒を見てもらう生活とは縁遠《えんどお》かった。それこそ母が亡《な》くなって以来、経済的にはともかく、物理的に人の世話になることなどほとんどなかったと言っていい。

学生寮《りょう》では、自分のことは自分でするのが当然だったし、クーデリアでは与えられた部屋こそ豪華《ごうか》だったが、聖女が男であったことが外部に知られないようにと、旅立ちまでの数日間、ほぼ放置されていた。

それにしても、人間の国のほうが、魔王城より殺伐としているって何なんだろう……。

そんなことを思いつつ、お茶を啜《すす》る。

あまり認めたくない事実だが、朝陽はここでの生活に馴染《なじ》みつつあった。

元の世界に帰りたいという気持ちがなくなったわけではない。それができるならば、一番だろう。

けれど、できないものはできないわけで……。

「……それにしても、魔族《まぞく》と人間って何が違《ちが》うんだろ」

朝陽はテーブルの上にある、花の形をしたクッキーを見ながらぽつりと呟く。

サファリスの気遣《きづか》いやテイラーの朗《ほが》らかさ、メリダの感情的とも言える言葉、そしてあの美しい庭園や造形にも気を遣ったおいしい食べ物。

たった数日いただけでも、彼らの価値観は自分にも理解できるもののように思えた。

クーデリアで聞いていたような、残虐《ざんぎゃく》で、人とは相容《あいい》れない存在としての魔族なんて本当にいたのだろうか。

「魔族と人間の違いか……」

「わっ」

突然《とつぜん》声をかけられて、朝陽は驚いて声のしたほうへと振《ふ》り向いた。

案の定、そこに立っていたのはエルキディウスである。この部屋に、朝陽の許可を得ずに入ってこられるのは彼だけなので、当然と言えば当然だった。

慣れたと言えば、エルキディウスの存在にもすっかり慣れつつある。昼間は忙《いそが》しくしているが、時間のあるときにはこうして訪ねてくるし、何より夜は一緒《いっしょ》に寝《ね》ている。ただ寝ているだけだが、一度抱かれているせいで、正直抵抗はある。けれど、そうしないと朝陽の体に障《さわ》りがあるというのだから、仕方がないというか、むしろ感謝するべきなのだろう。

「気になるのか？」

エルキディウスの言葉に、朝陽は戸惑《とまど》いつつも頷《うなず》く。

クーデリアでは、単に魔族は悪で、人間に仇《あだ》なすもの、人間の敵だとしか言われなかった。それは、とても単純で分かりやすく、魔物を討伐《とうばつ》し、魔王を倒《たお》し、国を危機から救う、という話にもそれほど強い疑問を抱《いだ》かずに旅をしてきた。

けれど、今はもうそんな話を信じることは難しい。

そもそも人間こそ自分に仇をなしたものであり、現在もこうして保護してくれているのは魔族たちなのだ。

「クーデリアで聞いた話はいまいち信用できないし、そうでなくとも俺には、分からないことだらけですから……」

本当に自分のしてきたことは、正しいことだったのだろうかと思う。

直接手を下したわけではなくとも、このやさしい魔族たちの仲間を倒してここまでたどり着いたことは……。

エルキディウスが向かいに置かれた椅子《いす》に座る。

「違いを語る前に、そもそも魔族とは何なのかという話をしたほうがいいだろう」

どうやら文字通り腰《こし》を据《す》えて話してくれる気になったらしいエルキディウスに、朝陽も居住まいを正した。

「本来魔法が使えるのは魔族だけだ。魔族には、特有の『核《かく》』と呼ばれる器官があり、そこにマナをため込む性質がある。そのマナを放出する際にどのような形で放出するかが、魔法の違いになる」

「火とか、水とか？」

「そうだな」

ふんふんと朝陽は頷く。

「逆に言えば『核』を有するものが魔族、ということになる。本来はな」

「本来は？」

ということは、例外があるのだろうか？

「人間にも魔法を使う者がいるだろう？　お前と共に来た勇者たちのように」

「ライハルトたち？　え、でも、ライハルトたちが使うのは神術っていうやつですけど」

エルキディウスは、朝陽の言葉を聞いて鼻で笑う。

「そんなのは言葉だけのごまかしだ。神術と魔法は同じもの。そして人間に魔法を使える者がいるのは、過去に魔族と交わった者がいたためだ」

「……え？」

人間と魔族が交わった。

告げられた言葉に驚《おどろ》いて、朝陽はぱちぱちと瞬《またた》く。

それってつまり……。

「まさか、人と魔族の間に子どもが生まれたってことですか？」

「そうだ」

朝陽の言葉に、エルキディウスはあっさりと頷いた。

「それほどに、昔は人と魔族の距離《きょり》は近かったということだ」

ため息交じりの言葉には、懐《なつ》かしむような、何かを諦《あきら》めたような響《ひび》きがある。

「……魔族の血が流れていないと、魔法は使えない？」

「ああ、そうだ。それを隠《かく》すために『神術』などと言っているのだろうな。だが間違いなく二つは同じものだ」

嘲笑《ちょうしょう》するように言うエルキディウスに、朝陽は絶句した。

だって、それではあまりにも……。

「――……ライハルトたちは知らなかったんでしょうか？」

「魔族の血を引いた者しか魔法が使えないことをか？」

エルキディウスの言葉に、朝陽はこくりと頷いた。

知っていて、それでも魔族を残虐で、人とは相容れない存在として排除《はいじょ》しようとしていたならば、厚顔無恥《こうがんむち》も甚《はなは》だしい。

「立場にもよるだろうが、国の中枢《ちゅうすう》にいる者なら当然知っているだろうな」

つまり、他《ほか》のパーティメンバーはともかく、ライハルトだけは確実に知っていたということになる。

もちろん、自分を召喚《しょうかん》するように命じた国王たちも……。

「もっとも、魔法が使えるといっても、今の人間たちはもう随分《ずいぶん》魔族の血が薄《うす》くなっている。近親婚《きんしんこん》を繰《く》り返してでもいない限り、徐々《じょじょ》に使える魔法も弱くなっていくだろう」

その言葉に朝陽は思い出す。

パーティのメンバーは王族や貴族の子弟《してい》で、神術が使えたのはライハルトとレストンの二人だ。しかしレストンに比べて、ライハルトの使う神術――魔法の強さは圧倒《あっとう》的だった。王族があえて近親婚を繰り返し、血の濃《こ》さを保っていたという可能性はありそうだ。

だが、その血を引き、その恩恵《おんけい》としての魔法を使いながらも、魔族を恐怖《きょうふ》の対象として排除しようというのは、朝陽には理解しがたい感覚だった。

人同士だって争うのだから、おかしな話だと断じることはできないのかも知れないが……。

ティーカップを取り上げて、朝陽はすっかり冷めてしまったお茶を一口飲み込んだ。

「……魔族と人はいつから敵対しているのでしょうか？」

「さてな？　敵対したというつもりはなかったが……」

「そう、なんですか？」

意外すぎる言葉に、カップを持つ指が震《ふる》えて、カップがソーサーに触《ふ》れる音が響く。

魔族のせいで民《たみ》が苦しんでいるのだと、そう言っていたのに、あれも嘘《うそ》だったのだろうか？

「人と我々は住む場所も違う。この辺りは人が暮らせる環境《かんきょう》ではないからな。もちろん、人の国で罪を犯《おか》す魔族がいないとは言えんが……」

「そんな……」

それでは、今回のことは一方的な侵略行為《しんりゃくこうい》ではないか。

悪を滅《ほろ》ぼすというお題目を聞かされていたけれど、間違っていたのではないかという気はしていた。けれど、敵対関係ですらないなんて……。

「俺は、なんてことを……」

自分がそれに加担したのだと思うと申し訳なくて、朝陽は唇《くちびる》を噛《か》む。

何も考えていなかった。言われるままに、魔族を悪だと信じ、自分が元の世界に戻《もど》るために侵略行為に手を染めた。

しかもその上で更《さら》に、何もせずにだらだらと過ごしているなんて許されることではない。

何か、自分にできる償《つぐな》いはないのだろうか？

自分に、できること。

陛下を助けてくださってありがとうございますという、感謝の言葉……。

「────……あの、お願いがあるんです」

「なんだ？」

「俺に、怪我《けが》を負った魔族《まぞく》の方の治療《ちりょう》をさせてもらえませんか？」

できること、といって思いついたのはこれだけだ。

「治療を？」

「もちろん、そんなことぐらいで償えるものではないと分かってます！　でも……俺にはそれくらいしか……」

朝陽はごく普通《ふつう》の学生であり、人にしてあげられることなどほとんどない。だが、治癒《ちゆ》術──いや治癒魔法がこの世界では希少だというなら、少しくらいは力になれるのではないだろうか。

「治癒魔法か……だが、分かっているのか？」

分かっている？　一体何を言っているのだろうと思ってから、すぐに気づいた。

治癒魔法を必要としている相手は、自分たちによって傷つけられた魔族だ。そんな相手に、謝罪して治療させてくださいと言っても、一筋縄《ひとすじなわ》では行かないだろう。

――亡くなっている魔族だって、たくさんいるはずだ。そういう相手に自分ができることは何もないし、傷ついた魔族の中には亡くなった者の家族や仲間、友人も多く含《ふく》まれるに違《ちが》いない。

面罵《めんば》されることはもちろん、傷つけられることだって、あるかも知れない。

それでも……。

「……覚悟《かくご》の上です」

悪いのは、元の世界に帰るためなのだと、何も考えず、真実に目を向けることもせず、唯々《いい》諾々《だくだく》とライハルトたちに従った自分なのだから。

「そうか……まぁどちらにしても今夜くらいにはと思っていたが、頻度《ひんど》が高くなる分には俺も歓迎《かんげい》だ」

今夜くらい？　頻度？

なんの話だろうと、朝陽は内心首をかしげたが、疑問を口にするより早く、エルキディウスがサファリスを呼んだ。

「いかがなさいましたか？」

「先日の戦いで負傷した者が城内にもいただろう？　まだ治療の残っている者は医務棟《とう》だったか？」

「はい。重傷者に関してはおっしゃる通り医務棟におります。他はすでに通常業務に戻ってい

るかと。人数もお調べしますか？」

「……いや、いい。医務棟の責任者はシュナイゼルだったな？　やつを呼んでくれ」

「こちらでよろしいですか？　それとも執務室《しつむ》のほうに？」

「執務室だ」

「かしこまりました」

サファリスは一礼して部屋を出て行く。

「さて、俺たちも向かうか」

エルキディウスの言葉に、朝陽は神妙《しんみょう》に頷《うなず》いた。


エルキディウスに付き添《そ》われ、朝陽は階下にあるエルキディウスの執務室へと向かった。

執務室に足を踏《ふ》み入れるのは初めてだ。室内は机の上こそ少々雑然としていたものの、あとはきちんと整えられている。

執務机と椅子《いす》が三つずつ、革《かわ》張りのソファセット、壁《かべ》は左右の面が書架《しょか》となっていた。執務机の背後は窓なのだろうが、カーテンが閉められており、日光は入っていない。昼間なのに、室内にはランプが灯《とも》されていた。

奥の大きな執務机はおそらくエルキディウスのものだろう。手前の二つの椅子のうち一つに、二十代半ばほどに見える男が座っていた。銀髪《ぎんぱつ》のせいもあってか、どことなくサファリスに似ている気がする。

エルキディウスと共に入ってきた朝陽を見て驚《おどろ》いたように目を瞠《みは》ったが、すぐに微笑《ほほえ》んで立ち上がった。

「ようやく紹介《しょうかい》してくださる気になりましたか？」

「お前に紹介するために連れてきたわけではない。だが……そうだな、いい機会だろう」

エルキディウスの言葉に、男が微笑みながら近付いてくる。

「マジェスと申します。陛下の下《もと》で政務に当たらせていただいております。聖女様におかれましては、兄がお世話になっております」

おそらく男性だろうが、どこか女性的な美貌《びぼう》で微笑まれ、朝陽は頰《ほお》が熱くなるのを感じた。

「朝陽、です」

どうにかそれだけ口にして頭を下げる。しかし、兄というのは誰《だれ》のことだろう？

「あの、お兄さんというのは……」

「サファリスです」

「……え？」

サファリス、というのは、自分の面倒《めんどう》をあれこれと見てくれている、あのサファリスだろうか？

「似ていませんか？　結構似ているほうだと思うんですが……」

「え、ええと、その、はい……似ていると思います……けど」

実際、一目見たときにそう思ったのだ。

しかし――兄？　弟の間違《まちが》いではないのかと、そう混乱する朝陽の耳に、エルキディウスのため息が聞こえた。

「あまりからかうな。人間は年齢《ねんれい》によって見た目が変わると、お前も分かっているだろう」

「ええ、それはもちろん。ただ、聖女様があまりにかわいらしいのでつい」

マジェスはそう言って、ふふふと声を立てて笑う。

今のやりとりからして、サファリスの弟というのは本当らしい。

サファリスが年齢通りの外見でないことは知っていたはずなのに、サファリスの弟と聞いて、ついつい彼と同じか、それよりも幼い外見をしているというイメージを抱いてしまったようだ。

エルキディウスは「だからお前に会わせたくなかったんだ」とため息交じりに零《こぼ》しつつ、ソファにどかりと腰《こし》掛《か》ける。

「お前も座れ」

「はぁ……」

エルキディウスに勧《すす》められるまま、朝陽もソファに座る。

座面の奥行きが深いソファは、ふかふかと柔《やわ》らかく、朝陽はうしろに転がってしまわないよう、座面の前のほうにちょこんと腰掛けた。

「あの、シュナイゼルさんという方は、お医者さんですか？」

「まぁ、そう言っていいだろう。本人は研究のほうに重きを置いているようだが……なにせ、俺たちは病気もしないし、怪我も……ここ二百年ほどは攻《せ》め入ってくるような者はいなかったからな」

「えっ」

さらりと告げられた二百年という長さに驚いて、朝陽が目を瞠ったのと、ドアがノックされたのはほとんど同時だった。

「はい。どなたです？」

返事をしたのはマジェスだ。

「サファリスです。シュナイゼルを連れて参りました」

返ってきた声は言葉通りサファリスのもので、マジェスが確認《かくにん》するようにエルキディウスを見る。エルキディウスが頷きを返すと、ドアが開かれた。

「お待たせいたしました」

サファリスと一緒《いっしょ》に、背の高い男が入ってくる。頭には角ではなくネコのような耳が生えていた。金茶の髪《かみ》を一つに結《ゆ》わえていて、外見だけでいえば歳《とし》は朝陽とそう変わらないように見える。おそらく彼がシュナイゼルなのだろう。

「お呼びと伺《うかが》いましたが――」

言いかけて、男の目が朝陽の上で留まる。徐々《じょじょ》に瞳孔《どうこう》の開いていく目でじっと凝視《ぎょうし》されて、朝陽は助けを求めるようにエルキディウスを見た。

「この男が先ほど話に出たシュナイゼルだ。シュナイゼル、アサヒを凝視するのをやめてソファに座れ」

「失礼いたしました。一つ確認ですが、こちらが例の聖女様ですか？」

ソファに腰掛けながら、ちらちらと朝陽を見やる。凝視ではないが、興味がありありと見て取れる視線だ。ついでに耳は完全に朝陽のほうへと向いている。

「そうだ。ところで、医務棟に収容された怪我《けが》人の現在の状況《じょうきょう》はどうなっている？」

「………」

「シュナイゼル」

注意するように名前を呼んだのは、マジェスだった。シュナイゼルははっとしたように肩《かた》を揺《ゆ》らした。

「陛下の質問に答えなさい。医務棟の怪我人の状況は？」

「あ、ああ、はい。現在収容されているのは二十二名です。軽傷者はすでに通常業務に戻《もど》りましたので、現在は重傷者のみ。意識のない者はいません」

「そうか。実は、アサヒが患者《かんじゃ》の治療《ちりょう》に当たりたいと言っている」

「本当ですか⁉」

シュナイゼルは叫《さけ》ぶように言うと、立ち上がった。膝《ひざ》がテーブルに当たったが、気にした様子はなく、その目はまっすぐに朝陽を見つめている。

「治癒魔法《ちゆまほう》を使うということですか⁉」

「は、はい、そのつもりです」

勢いに押されるように、朝陽はこくこくと頷いた。途端《とたん》に、シュナイゼルの目がらんらんと輝《かがや》く。

「シュナイゼル、落ち着け。もう一度座れ」

「あっ、は、はい。申し訳ありません」

呆《あき》れたようなエルキディウスの言葉に、シュナイゼルはそう言って再びソファに腰掛ける。

「申し訳ありません。この目で治癒魔法が見られると思ったら、興奮が抑《おさ》えきれず……」

その言葉に、先ほどエルキディウスが言っていた、本人は研究のほうに重きを置いているという言葉を思い出す。研究者として、治癒魔法に興味があるのだろう。

「アサヒはまだ万全《ばんぜん》ではない。お前の目で特に治療が必要だと思う者を三、四名選んで治療させろ。問題がないようなら明日以降も続けさせる」

「分かりました！」

シュナイゼルは力強く頷《うなず》いた。

「私が医務棟《とう》にご案内してよろしいですか？」

「……サファリスをつける。お前は先に戻り、患者の選定に当たれ」

「――分かりました」

シュナイゼルは一瞬《いっしゅん》がっかりしたようだったが、すぐに気を取り直したように頷くと、今度こそ咎《とが》められることなく立ち上がり、急いで部屋を出て行く。

「サファリス、アサヒを頼《たの》んだぞ。医務棟のほうは問題ないと思うが……」

「はい、お任せください」

サファリスの言葉に、エルキディウスは少し疲《つか》れたようにため息をついた。

「もしも体調に変化があればすぐに戻ってこい。まだ万全の体調でないことを忘れないようにな」

エルキディウスはそのまま執務《しつむ》室に残るようだ。朝陽はサファリスに促《うなが》されてソファから立ち上がり、執務室を出た。

「陛下も本当はご一緒なさりたいのだと存じます」

廊下《ろうか》を歩いていると、サファリスがそう言って苦笑《くしょう》する。

「医務棟に？」

「ええ。アサヒ様がこの棟から出られるのは初めてでしょう？　ですが、陛下が共においでになれば、患者の本心は見えづらくなります。アサヒ様に、実際の彼らの心情を知っていただきたいと、そうお考えなのだと存じます」

「そう、なんでしょうか……」

確かに、うしろにエルキディウスが立っていたら、いくら朝陽に怒《いか》りをぶつけたくとも難しいのかも知れない。それに、治癒魔法を使いたいと言ったとき、覚悟《かくご》を問われたことも思い出す。あのときから、エルキディウスはそのつもりだったのだろう。

しかし、そう考えると、以前はっきりと文句を言ってきたメリダは希有《けう》な女性だったと言える。

朝陽としては、あれくらい素直《すなお》に罵倒《ばとう》してくれて、全然かまわないのだけれど……。もちろん、被虐趣味《ひぎやくしゅみ》があるわけではない。自分がしたことは、簡単に許されるようなことではないと思うからだ。

「あまりご心配なさらずとも、アサヒ様を責めるような者はいないと存じますよ」

緊張《きんちょう》しているのが分かったのか、サファリスは安心させるようにそう言う。

「ありがとうございます。でも……責められるのは当然なので」

苦笑を浮《う》かべた朝陽に、サファリスは少し困ったように眉《まゆ》を下げたが、それ以上は何も言わなかった。

れるようなことではないです」

「え、いや、あの……当然のことをしただけというか、元はといえば俺が悪いので、礼を言われるようなことではないです」

シュナイゼルの選んだ、特に怪我の度合いが重いという三人の治療を終えたのだが……。

三人とも、本当に申し訳なかったと謝罪した朝陽に、責めるような言葉は一言も言わなかった。硬《かた》い表情の者もいたけれど、治療後にはきちんと礼まで言ってくれて、朝陽のほうが恐《きょう》縮《しゅく》してしまうほどだった。

サファリスは、機《き》嫌《げん》良さそうににこにこと微《ほ》笑《ほえ》んでいる。結果的には、彼の言ったとおり朝陽を責める者などいなかったせいかも知れないし、単純に朝陽が傷つかずにすんだことを喜んでくれているのだという気もした。

しかし、そうなるとサファリスの言っていた、エルキディウスは勇者一行に傷つけられた魔族たちの心情を知って欲しいと考えている、という言葉が引っかかる。

最初に朝陽が治癒魔法を使いたいとエルキディウスに言ったとき、分かっているのか、と覚悟を問われたのは何だったのだろう？

いや、覚悟を問われたのだと考えたことが勘違《かんちが》いだったのだろうか？　けれどそれにしては、覚悟の上だと答えた朝陽に対して納得《なっとく》したような様子だった。

エルキディウスはサファリスとは違う考えだった、ということかも知れないが……。

「できれば私にもお願いしたいのですが」

「え？　あ、すみません、ええと……お願い、ですか？」

つい考え込んでしまっていた朝陽は、はっと我に返り、シュナイゼルの言葉に首をかしげる。

「ええ。是非《ぜひ》治癒魔法をかけていただきたくて」

「どこかお怪我を？」

朝陽は驚《おどろ》いて目を瞠《みは》る。怪我をしている様子など少しもなかったのに、隠《かく》していたのだろうか？　そう思ったのだが……。

「今から切りますから」

そう言うなり、シュナイゼルは止める間もなく自らの爪《つめ》で手の甲《こう》を切り裂《さ》いた。

「ちょっ、何してるんですか!?」

朝陽は驚いて声を上げたが、シュナイゼルはなんとも思っていないらしい。

「アサヒ様、放《ほう》っておいて戻りましょう」

「ええー！」

にこりと柔《やわ》らかい笑《え》みを浮かべて言ったサファリスに、シュナイゼルが抗議《こうぎ》の声を上げる。

「いや、あの、さすがに放ってはおけないですから……」

「お願いします！」

にこにこと笑って言われて、呆れつつも朝陽は治癒魔法をかけた。みるみる傷口が消えていく。シュナイゼルがタオルで血を拭《ぬぐ》うと、そこは切れた事実などなかったかのようにきれいな皮膚《ひふ》に戻っていた。

「おおー！　痛みどころか、傷跡《きずあと》すらも残らない。本当にこれは奇跡《きせき》の術ですよ。以前から、聖女の、いや、聖女様の行うという治癒魔法には興味がありまして、ずっとこの目で見てみたいと思っていたのです」

「はぁ……」

「しかし、機会がありませんでした。聖女召喚《しょうかん》の術式自体が、失われたのではないかという噂《うわさ》すらありましたからね」

興奮したように早口で言うシュナイゼルに、朝陽は頷くことしかできない。『聖女』は魔族の天敵のような存在だと思っていたが、そんなにうきうきと話していいものなのだろうか？

それにしても……。

「治癒魔法というのは、やっぱりそんなに珍《めずら》しいものなんですか？」

「それはそうですよ！　聖女様にしか使えないと言われていますからね」

「でも、それも不思議で……」

魔族の血が流れていない者は、魔法《まほう》が使えないという話は聞いた。

あのときはライハルトたちの行いの酷《ひど》さで頭がいっぱいになり、自分の異質さにまで意識が行かなかった。けれど、考えるまでもなく自分には魔族の血など流れていない。

「治癒魔法は魔族の血――というか、核《かく》？　がなくても使えるものなんですか？」

「実ははっきりとは分からないんです。聖女に核があるのか、我々には見えづらいんですよ。今こうしていても、感じるのは陛下の魔力だけですし……。ただ、不思議と聖女の血を引いていても、子どもは治癒魔法が使えないという話は聞いたことがあります。聖女が男性だったという例はあまり聞いたことがないのですが、そもそも数が少ないですからね。私としては男性も使えるならば聖女同士の間の子には発現するかなど、正直興味が尽《つ》きないんですが、今までそれを試《ため》したという話は聞いたことがありません。まぁ、聖女召喚は相当なマナを消費しますし、短期間で二度行うこと自体が難しいですからね。成功するかも確実ではないですし……むしろ今回召喚術を使ったことにも、あなたを召喚していたことにも驚きました」

「はぁ……」

怒濤《どとう》の勢いでしゃべるシュナイゼルに、内情など何も分からない朝陽は曖昧《あいまい》な相槌《あいづち》を打つ。

ただ、確かにクーデリアの人間たちは、朝陽が男だったことを嘆《なげ》いたが、聖剣《せいけん》を覚醒《かくせい》させたことで態度を変えた。

つまり、召喚された時点では、聖女は女性であることが大前提だと思っていたはずだ。まぁ、そうでなければ聖女、などという呼称《こしょう》は定着しないだろう。

しかし実際には、朝陽は治癒魔法が使えたし、聖剣を覚醒させることもできてしまった。

「聖女様の世界では、すべての人間が治癒魔法を行使できるのでしょうか？」

「えっ？　いや、そんなわけないです。俺だって、こっちに来るまでは使えなかったですし、そもそも魔法というもの自体がないので」

「そうなんですか⁉」

「は、はい」

だから、最初は本当に驚いた。自分の身に何が起こったのか、それは今も分からない。

「ふーむ……それならば、召喚時に力が付与《ふよ》されるということか……？　召喚陣《しょうかんじん》が見てみたいものだな……」

ブツブツと自分の世界に入り込んだように呟《つぶや》くシュナイゼルに、朝陽が戸惑《とまど》っていると……。

「今のうちに戻《もど》りましょう」

サファリスがそう言って、朝陽を促《うなが》したのだった。

その夜のことである。

「なんか、怒濤だったな……」

広いベッドの隅《すみ》に寝転《ねころ》んで、朝陽はぽつりと呟く。

ここ数日部屋でまったりと過ごしていたせいもあるのか、今日はいろいろと疲《つか》れた。

初めて会う相手も多かったし、初めて見聞きすることも多く、体というよりむしろ、精神や脳が疲れているような、そんな気がする。

魔法のこと、魔族のこと、人間のこと、治癒魔法のこと、聖女のこと……そして、魔族が自分に向ける感情。

与《あた》えられた情報は多く、整理しきれないことも多い。けれど、知ることができてよかったと思うし、もっと知りたいとも思う。

エルキディウスに訊《き》けば、教えてくれるだろうか？

分からないけれど、今日の感じならば多分大丈夫《だいじょうぶ》だろう。

「でも、今夜は無理だなぁ……」

夕食後にサファリスに勧《すす》められるままにゆっくりと風呂《ふろ》につかって、多少はよくなったような気がしていたが、さきほどから妙《みょう》に頭がぼんやりしている。

こんな状態では、話をしても頭に入ってくるとは思えない。

それに、なんだか少し熱っぽいような気もしてきた。

まさか風邪《かぜ》だろうか？　治癒魔法で瀕死《ひんし》の怪我《けが》からすら自動的に生還《せいかん》してしまったのに、そんなことがあるのだろうか？

怪我と病気は別なのかも知れないが、あの現代人には過酷《かこく》としか言いようのない旅路の途中《とちゅう》にだって、朝陽が体調を崩《くず》したことはなかったというのに……。

まだ、エルキディウスが戻ってきていないけれど、今日は先に寝てしまおう。そう思ったものの、体のほてりのせいかどうにも眠《ねむ》れない。

何かがおかしい気もするのに、それが何か分からない。

そうして一向に眠気《ねむけ》が訪《おとず》れることもないまま、朝陽が何度も寝返りを打っていると、やがてエルキディウスが部屋へと入ってきた。

朝陽ははっとしたように体を起こし、じっとエルキディウスを見つめた。

自分でも不思議だが、エルキディウスから視線を逸《そ》らすことができない。吸い込まれるように見つめてしまう。

エルキディウスはまっすぐにベッドに近付いてきた。

「待たせたようだ」

言いながらベッドに腰《こし》掛けると、当たり前のように朝陽をベッドへと押し倒《たお》す。

「あ……」

押し倒されたことにも驚《おどろ》いたけれど、それ以上にエルキディウスが近くに来た途端《とたん》、自分の中に何かが流れ込んでくるような気がして、朝陽は大きく目を見開いた。

それだけではない。その流れ込んでくるものが熱のように体内を巡《めぐ》っていく気がする。そして、それがなんとも言えず……。

「気持ちいい……」

ぽつりと呟いた朝陽に、エルキディウスは笑ったようだった。

「近付いただけでこれとは……思った以上に消費したらしいな」

「ん……っ」

唇《くちびる》にキスされて、朝陽は一瞬《いっしゅん》抗《あらが》おうとする。けれど持ち上げた手はすぐ、縋《すが》るようにエルキディウスの肩《かた》を抱《だ》きしめた。

エルキディウスに押し倒されたときの比ではない快感に、頭がクラクラとする。

キスを拒《こば》むべきだと思うのに、どうして今夜に限ってこんなことをするのかと、頭の隅では疑問に思っているのに……。

「ど、して……」

キスの合間にどうにかそれだけ口にした。

「治癒魔法のせいで、体内の魔力が欠乏《けつぼう》したんだ」

魔力が欠乏。

そうだった。自分は今、エルキディウスの眷属《けんぞく》で、魔力を分けてもらうために毎夜同衾《どうきん》していたのだ。それが急激に減ったから……。

「あ……っ、んぅ……っ」

エルキディウスの手が、寝間着の下に潜《もぐ》り込み、ゆっくりと胸元《むなもと》を撫《な》でていく。その触《ふ》れた場所が熱を帯びるような、そんな感覚がして、それがまた気持ちがいい。

魔力が急激に減ったから、それを補わなくてはならない。

そのために自分が今何をされていて、これから何をされるのか。自分はもう知っているのに、エルキディウスの手を拒むことができない。

「んっ、あ、あっ」

乳首《ちくび》を上下に擦《こす》られて、朝陽は快感に肩を震《ふる》わせる。そこが少しずつ尖《とが》って、エルキディウスの指に引っかかるようになるまでそう時間はかからなかった。

どうしてこんなところがと思うけれど、気持ちがいいのだから仕方ない。

「あっ」

そちらに気を取られていると、首筋を舐《な》められて、朝陽はくすぐったさに首をすくめる。ちゅっと、音を立てて吸い上げられると肌《はだ》はますます熱を持っていくようだった。

その間に、指はすっかり固く尖った乳首を摘《つま》み、くるくると紙縒《こよ》りを作るように指の腹でさする。

「あ、ぅ……っ」

「随分《ずいぶん》と気持ちがよさそうだ」

「ち、が……ぁっ」

どこか楽しげに囁《ささや》かれて、ゆるゆると頭《かぶり》を振《ふ》る。けれど途端にきゅっと抓《つね》るようにされて、びくりと腰《こし》が跳《は》ねた。

「違《ちが》うようには見えないがなぁ」

「あぁ……っ」

根元から扱《しご》くように引っ張られて、朝陽は濡《ぬ》れた声を零《こぼ》した。

恥《は》ずかしいと思うのに、その手を拒もうとは思えない。もっと、触れて欲しいとすら思ってしまう。

自分がこんなに快楽に弱い質《たち》だなんて、思わなかった。

羞恥《しゅうち》に頬《ほお》が熱くなる。だが、どうして急に？　エルキディウスとは毎晩一緒《いっしょ》に寝ているのだ。広いベッドとはいえ、体が触れることだってなかったとは言えない。なのに、こんなふうになったことはなかった。

一体どうして……。

「あっ……ま、待って……」

エルキディウスの手が、下着ごとズボンを脱《ぬ》がそうとする。けれど言葉だけの抵抗《ていこう》などあっさりと退けられた。

手は止まることなく、無防備になった足の間へと伸《の》ばされる。皮膚《ひふ》の薄《うす》い太ももの内側を撫でながら、中心に触れた。

「あぁ……っ！」

触れられてもいなかった場所が芯《しん》を持ちつつあったことを知って、朝陽は羞恥に泣きたくなる。まだ少し胸に触れられただけだというのに……。

「あ、あっ……ん……っ」

ゆっくりと手が動き、そこを刺激《しげき》する。そうしながらも、尖って赤くなった乳首を今度は押し潰《つぶ》すように捏《こ》ねられた。

エルキディウスの手の中で、自分のものがますます固くなっていくのが分かる。恥ずかしくて堪《たま》らないのに、逆らう気力が湧《わ》かない。

エルキディウスの手が快感を引き出そうと動くたび、膝《ひざ》が震えた。

「あっ、あ……っ、も……だめ……ぇっ」

すぐにでもイッてしまいそうで、朝陽はゆるゆると頭を振る。

「何がだめなんだ？　こんなに、気持ちよさそうにしておいて……」

「も、い……イッちゃう……から……っ」

そのことを恥ずかしいと思えば思うほど、体のほうは昂《たか》ぶっていくようだった。それがまた、恥ずかしくて……。

「好きなだけイケばいい」

「あっ、やぁっ」

ますます手の動きが激しくなる。扱かれるだけでなく、先端《せんたん》を指先で刺激されると、びくびくと腰が震えた。そして……。

「あっ、ああー……っ」

そのまま朝陽は絶頂に達した。

「は……っ…はぁっ……」

荒《あら》い息を零《こぼ》しながら、ぐったりと力を抜《ぬ》く。けれど、当然これで終わりではない。そのことを朝陽もよく分かっていた。

エルキディウスは力の抜けた朝陽の左足を持ち上げ、開いた足の奥へと手を伸ばす。

「あ……」

まだ固く閉じられた場所をやさしく撫でられて、朝陽はぴくりと膝を揺《ゆ》らした。

指が濡れているのは、たった今自分が吐《は》き出したもののせいだろう。くちゅくちゅと音を立てながら表面を撫でられるうちに、少しずつ窄《すぼ》まりが開かれていく。

指先が、ほんの少し中に入り込み、何度か様子を見るように揺らされる。やがてゆっくりと中に入り込んでくるのが分かった。

「んっ……んぅっ」

そのまま奥まで入れられて、体が勝手に指を締《し》め付ける。痛みはなかった。むしろ中で指が動くたびに、体が震えた。

「あ…っ……あんっ」

ぐるりと中をかき回すように動いた指がある一点に触れた途端、掴《つか》まれていた足が跳ねた。

「ここは、ちゃんと覚えているようだな」

「ひ、あっ、あっ、んぅっ」

気持ちのいい場所を何度も擦られて、そのたびに体が震える。確かにあのときも、中をかき混ぜられて気持ちがよくなってしまったことは覚えていた。

けれど、あのときはもっと太いもので、奥までいっぱいにされて、それで……。

徐々《じょじょ》に指が増やされて、それでもあのときのような充足感《じゅうそく》は訪《おとず》れない。もちろんそれがなんだったかなんて、分かっていた。

けれど、欲しいだなんて思いたくない。

自分からねだるようなことは、どうしても……。そう思うのに、体はまるで足りないと訴《うった》えかけるように、エルキディウスの指をきゅうきゅうと締め付ける。

「足りないか?」

「ち、ちが……っ」

頭を振ってエルキディウスを見つめると、その目にはぞくりと背筋が震えるような情欲《じょうよく》が滲《にじ》んでいた。

「嘘《うそ》をつくな」

ずるりと指が抜かれる。

「ほら……」

エルキディウスが朝陽のもう片方の足を持ち上げる。そうして、散々広げられた場所に、熱が触れた。

「――これが欲しいんだろう？」

「っ……」

はくりと、朝陽は口を開き、けれどそのままぎゅっと唇《くちびる》を噛《か》む。

「言ってみろ。お前が欲しいと言うなら、いくらでも与《あた》えてやる」

「あ…っ」

ほんの少し、先端がそこを押し開く。開かれた場所が、求めるようにひくひくと震《ふる》えるのが分かる。

恥ずかしい。口にしてしまったら、もう戻《もど》れなくなる気がする。

けれど……。

「エル……欲しい、です。俺の中に……入れてください」

「ああ、好きなだけくれてやろう」

「あ……あぁ――――っ」

一気に奥まで、エルキディウスのものが入り込んでくる。その衝撃《しょうげき》に、目の前がチカチカと明滅《めいめつ》した気がした。

「っ……中がびくびくと震えて、絡《から》みついてくる」

「あ……っ」

軽く奥を突《つ》くようにされて、高い声が零れた。

「あ、あ、あ……っ、あぅ……んっ」

「……お前の中は気持ちがいいな」

「んっ……」

耳元で囁く、低くかすれた声に体が震えて、中に入っているエルキディウスのものをきゅうっと締め付けてしまう。

それに小さく息を詰《つ》めて、エルキディウスはそのままゆっくりと抜き出すと、また奥まで埋《う》める。その動きが、徐々に速くなっていく。

「ひ、あっあっあ……っ」

内壁《ないへき》を擦《こす》られるたびに、たまらない快感が沸き上がる。中でこんなに気持ちよくなってしまうなんて、自分はどこかおかしいのだろうかと不安になるほどだった。

けれど、そんな不安も快感に押し流されていってしまう。

締め付け、狭《せま》くなった場所を何度も何度も押し開かれて……。

「出すぞ……っ」

「あ、あ……んぅっ」

一番深い場所まで突き入れられて、そのままエルキディウスが中で達したのが分かった。そこからカッと熱が巻き起こるのを感じ、途端《とたん》にそれまで以上の快感が広がって、朝陽もまた震えながら絶頂を迎《むか》える。

「は……ぁっ……あ……ぁ……っ」

びくびくと体が震えていた。もう達したはずなのに、まだ絶頂にいるような凄《すさ》まじい快感。中からどんどんとあふれ出すようなそれに、朝陽はただ震えることしかできない。

「少し間を開けすぎたか……それとも、考えていた以上に治癒魔法《ちゆまほう》による消費が激しかったか……」

エルキディウスの呟《つぶや》きは確かに耳に入っているのに、朝陽はその意味を考える余裕《よゆう》がまるでなかった。

「まぁいい。なんにせよ、まだ欲しいと言うなら、約束通り与えるだけだ」

「エル……？」

そっとキスされて、朝陽は何も分からず首をかしげる。頭が上手《うま》く働かない。

「もう一度、注いでやると言ったんだ」

エルキディウスはそう言うと、快感に翻弄《ほんろう》される朝陽を膝の上へと抱《だ》き上げる。

「ひ、ぁっ……」

自重で今までより更《さら》に深い場所まで、エルキディウスのものが入り込んでくる。

「や、まだ……っ、んっ、い、イッたばっか……っ」

自分だけではない、エルキディウスだってそのはずだ。なのに、中のものはすでに固く、朝陽のそこをいっぱいに広げている。

「言っただろう、いくらでも与えてやると」

「ひあ、あぁ……!」

エルキディウスは下から突き上げるように、腰《こし》を動かす。その動きはゆっくりとしたものだったけれど、朝陽はまるで再び絶頂を迎えたかのようにびくびくと体を震わせた。

「中が搾《しぼ》り取るように動いているぞ」

「ち、が……あぁ……っ」

朝陽にはそんなつもりはない。けれど、確かに体はエルキディウスのものを締め付けたまま離《はな》そうとしなかった。まるでもっとねだっているかのように……。

「あぁ……っ!」

ゆっくりと揺さぶられて、中をかき混ぜられる感覚に、朝陽はがくんと仰《の》け反る。

「アサヒ……」

「あっ、んっ」

差し出したようになった喉《のど》に、エルキディウスの唇が触《ふ》れた。吸い上げられてそこに熱がともる。

同時に、尖《とが》ったままだった乳首《ちくび》を指で押し潰《つぶ》されて、中を締め付けた。そこをまた太いものでかき混ぜられて……。

一度中で出されたせいだろう。揺さぶられ、かき混ぜられるたびにぐちゅぐちゅと泡立《あわだ》つような水音がして、羞恥《しゅうち》を煽《あお》る。

先ほどよりもよほどゆっくりとした動きなのに、中がひどく敏感《びんかん》になっているようで、朝陽は腰から下が溶《と》け落ちてしまいそうなほどの快感にずっと翻弄されている。

気持ちがよくて、おかしくなりそうだ。いや、もうなっているかも知れない。中だけでなく、触れられる場所すべてが性感帯になってしまったかのように気持ちがよくて……。

その快感に溺《おぼ》れるように、朝陽は意識を手放した。

●

――俺の前で身も世もなく俺を欲しがり、すがりついて情けを請《こ》いたいというなら、それはそれで歓迎《かんげい》しなくもないぞ？

以前、エルキディウスに言われた言葉だ。

翌朝、目を覚ましてからすぐに、朝陽はその言葉を思い出した。

そして、広いベッドの中で一人、頭を抱《かか》えた。叫《さけ》び声を上げながら身もだえたいくらいだったが、背後にはエルキディウスの気配がある。どうやらまだ眠《ねむ》っているようだが、叫んだりなどしたら一発で目を覚ますだろう。

「…………っ」

うなり声すら喉の奥に押し殺しながら、自分の失態に震える。

だが、少なくとも昨晩はすがりついて情けを請う、というところまではいっていなかったと思う。いやしかし、渇望《かつぼう》していたとは言えるかも知れない。

最初から、おかしいと思ったのだ。最初というか、エルキディウスが寝室《しんしつ》に来るよりも前から……。ひょっとすると、エルキディウスはああなることを知っていたのだろうか？

治癒魔法を使えば、魔力が欠乏《けつぼう》すると……。

「あ」

そうか、そういうことだったのか、と思う。

考えるまでもない。エルキディウスが知らないはずがないのだ。

治癒魔法が使いたいと言った自分に対して、エルキディウスがした『分かっているのか？』という問い。あれは、こうなることを指していたのだろう。治癒魔法を使えば魔力が足りなくなって、エルキディウスに抱かれることになる、という意味だったのだ。

「うう……」

覚悟《かくご》はできている、などと答えた自分の勘違《かんちが》いが恥《は》ずかしい。

覚悟も何も、そんなことまったく気がついていませんでした、などと今更《いまさら》言えるはずもない。

「起きたのか？」

「うわあ⁉」

突然《とつぜん》背後から声をかけられて、朝陽は悲鳴を上げた。直後、押し殺したような笑い声が返ってきて、頰《ほお》が熱くなる。

「寝起《ねお》きから元気だな」

「……すみません」

穴があったら入りたいというのは、まさにこういう気分のことを言うのだろうなと思いながら朝陽はもぞもぞと布団《ふとん》に潜《もぐ》り込む。

「まだ寝るか？　魔力はもう足りているはずだが……足りなかったか？」

言葉と同時に背後から抱《だ》きしめられて、朝陽はびくりと背中を震《ふる》わせた。

「たっ、足りてます！　十分ですっ」

これ以上何かあってはたまらない。朝陽はその腕《うで》から逃《のが》れるように身を起こした。エルキディウスは別に力を込めていたわけではないのだろう。腕はすぐにほどけた。

振《ふ》り向いて見下ろせば、ニヤニヤと楽しげな笑《え》みを浮《う》かべてこちらを見上げている。からかわれたのだと分かって、朝陽は羞恥に頬を染めつつエルキディウスを睨《にら》んだ。

「そんな顔をするな。——今日はどうする？　やめておくか？」

「え？」

「治癒魔法のことだ」

エルキディウスは、そう言いつつゆっくりと体を起こす。

「今日も使うというなら、今夜も同じことになる可能性がある」

「同じこと……。それって、その、また……エルに……」

「そうだ」

うろたえて視線をさまよわせた朝陽の言葉を、エルキディウスはあっさりと肯定《こうてい》した。

「もちろん、俺はどちらでもかまわんが」

「……俺は……」

治癒魔法《ちゆまほう》を使えば、昨夜と同じようなことになる可能性がある。

けれど、重傷の魔族はまだまだいる。二十二人いるという患者《かんじゃ》のうち、まだたったの三人しか治していないのだ。

自分が彼らの治療《ちりょう》をしたいと思ったのは、心配だったという以上に罪滅《つみほろ》ぼしの意味が大きい。

自分のしたことは許されることではないけれど、少しでも償《つぐな》いがしたいと思ったのだ。

だから……。

「治癒魔法を使うのは、やめません」

「……そうか」

「すみません」

エルキディウスには面倒《めんどう》をかけてしまうけれど、とそう言おうとした朝陽はエルキディウスを見てぱちりと瞬《またた》いた。

「どうかしたか？」

「い、いえ……何でもないです」

思わずぱっと目を逸《そ》らしたあと、ちらりとエルキディウスを見ると、もう先ほどの表情は消えていた。

さっき一瞬《いっしゅん》だけ見た、やさしそうな、慈《いつく》しむような表情は見間違いだったのだろうか……。

……きっと、そうだったのだろう。エルキディウスは魔王《まおう》なのだ。あんな顔――……似合わないとまでは、思わないけれど。

どうしてか速くなった心音が気になって、朝陽は服の上からぎゅっと胸元《むなもと》を押さえた。


医務棟《とう》からの帰り道、サファリスに付き添《そ》われた朝陽が、渡《わた》り廊下《ろうか》へと向かう角を曲がったときのことだ。

「あら、お前……」

呟《つぶや》いて足を止めたのは、メリダと呼ばれていた女性だった。眉間《みけん》にしわを寄せ、いかにも不愉快《ふゆかい》だというように睨みつけてくる。

「まだ陛下の周りをうろちょろしているそうね？　いつまで図々《ずうずう》しく居座るつもり？」

「聖女様に向かって失礼ですよ」

そう言ってくれたのは、サファリスだった。いつもはアサヒ様、と呼んでくれているがメリダに向かっては牽制《けんせい》の意味も込めていそうだ。

「失礼？」

むっとしたように一度サファリスを見たものの、すぐに視線は朝陽に戻《もど》ってくる。じろじろと探《さぐ》るように見たあと、更《さら》に顔つきが鋭《するど》くなった。

「陛下の寵愛《ちょうあい》を受けていると思って調子に乗らないことね」

「え」

別に調子に乗った覚えなどないし、そもそも寵愛など受けていない。いない……と思う。

もちろん、世話になっているという自覚はあるが……。

「メリダ――――」

「サファリスさん、俺なら大丈夫《だいじょうぶ》ですから」

メリダに抗議《こうぎ》をしようとしてくれたのだろう、いつになく厳しい声を出したサファリスを朝陽は慌《あわ》てて止めた。

庇《かば》おうとしてくれる気持ちはうれしいが、メリダの言葉もまた魔族の思いの一つである。特に、自分に苦言を呈《てい》してくれる相手は少ないのだし、言いたいことがあるのなら言って欲しいと思う。

「陛下の後ろ盾《だて》があると思って調子に乗っているのかしら？」

「そんなこと思っていません。ただ、あなたたちには俺を責める権利があると思っているので……」

それは朝陽の本心だったが、メリダの神経を逆撫《さかな》でしてしまったらしい。今にも射殺しそうな目で朝陽を睨み、手のひらを上向けるとその上に黒い炎《ほのお》を浮かび上がらせた。

「やめなさい！　もし聖女様を傷つけるようなことがあれば、聖女様のご命令であろうとも看過できませんよ」

今度こそ、サファリスが鋭い声でメリダを制止した。メリダは憎々《にくにく》しげに唇《くちびる》を噛《か》み、握《にぎ》りつぶすように炎を消す。

「……陛下がお前のような者をそばに置くのは、『聖女』が眷属《けんぞく》であれば人間どもが魔族を攻《せ》め滅《ほろ》ぼすことなどできなくなるからよ。そのためだけに飼われているのだと、自覚しなさい！」

「え、それって――」

「私が陛下と結婚《けっこん》したら、最初にお前を追い出してやるから覚悟しておくのね」

朝陽の問いを無視してそう吐《は》き捨てるように口にすると、メリダは踵《きびす》を返し、朝陽の前から去って行った。

それを見送りつつ、朝陽は小さく息を吐く。そして、今の台詞《せりふ》からしてやはりメリダはエルキディウスのことが好きなんだろうな、とそんなことを考えていたら、くるりとサファリスが振り返った。

「アサヒ様……」

どこか困ったように呼ばれて、朝陽は苦笑《くしょう》する。

「結局、サファリスさんに助けていただいてすみません」

「そんなことはいいのです。ですが……」

「俺が魔族の皆《みな》さんに迷惑《めいわく》をかけたのも、エルの世話になっているのも本当のことですから……それより、メリダさんの言っていたことは本当ですか？」

「あんな者の言葉など気にかける必要はございません」

とりつく島もないほどきっぱりと言い切られて、朝陽は言葉を飲み込む。サファリスがここまで怒《おこ》っているのを見るのは初めてで、それが自分に対してではないと分かっていても、この件についてそれ以上口にすることは憚《はばか》られた。

だが、あの言葉は気になる。

自分がここにいれば、人間は魔族を滅ぼせない？

思い当たるのは『聖剣《せいけん》』の存在である。魔王を倒《たお》すのに絶対に必要なものは『聖剣』であり、それと結びつき、覚醒《かくせい》させることができるのは『聖女』だけなのだと聞いていた。

そう考えれば確かに、自分がここにいる限り、新たに聖剣を覚醒させることはできないということになる。けれど、その聖剣自体が現在この魔王城にあるはずだ。あのとき、ライハルトはエルキディウスの体に聖剣を突《つ》き刺《さ》したまま城を去った。それを抜《ぬ》いたのは朝陽自身だから間違《まちが》いない。

あの聖剣が現在どこにあるのかも、今なお覚醒状態なのかも朝陽は知らなかったが、どちらにせよクーデリア側にはもう魔王城に攻め入る力はないと考えていいのだろうか。

そして、朝陽はそのためにエルキディウスが自分を眷属にしたというなら、それはそれでかまわなかった。

むしろそういった役割があると言われたほうが、納得《なっとく》がいくし、少しは役に立つ部分もあるのだと安心できる気さえする。

そんなことを考えながら、朝陽はサファリスと共に与《あた》えられた自室に戻ったのだった。

夕食の時間に突然《とつぜん》エルキディウスに問われて、朝陽は視線を泳がせた。

「……会ったというか、すれ違ったというか……」

食事はもう半分ほどが済んでいる。皿に残った肉にフォークを刺しつつ、朝陽はどう答えたものかと悩《なや》む。

「そういえば、メリダに会ったらしいな」

メリダが言ったのか、サファリスが言ったのかで伝わり方が変わってくる気がするが、どちらだろう。前回、朝陽のことで苦言を呈したメリダは、エルキディウスに叱責《しっせき》を受けた。そうならないようにしたいと思ったのだが……。

「メリダには今後登城しないように申しつけた」

「えっ⁉」

思っていた以上の急展開に、朝陽は驚《おどろ》いてフォークを落としそうになった。叱責というレベルではないことがすでに起こってしまっていたらしい。

「安心して過ごせ」

「いや、あの……」

「どうかしたか？」

今口にしたことなどなんでもないことのように食事を続けながら、エルキディウスが問う。

「別にそこまでしなくてもいいんじゃないかと思って……」

サファリスにも言ったが、朝陽にはメリダに理不尽《りふじん》なことを言われたという気持ちはない。傷つかないわけではないが、やったことを責められているのだから、自業自得《じごう》だと思っていた。

「アサヒは被虐趣味《ひぎゃくしゅみ》なのか？」

「違いますけど⁉」

思わぬ疑いをかけられて、慌てて否定する。

「では、メリダに惚《ほ》れたか？」

「それも違います！　まぁ、きれいな女性だとは思いますけど……」

正直女性の好みに関して深く考えたことはないが、どちらかと言えばかわいらしいほうが安心するかも知れない。

「なら気にするな。元々、城で暮らしていたわけでもない」

「そう言われても……」

メリダは城に、というよりエルキディウスの下《もと》に残りたかったに違いないのに……。

追い出されたのが自分のせいだと思うと、やはり落ち着かない。

朝陽がそう考えているのが分かったのか、エルキディウスは小さくため息をついた。

「アサヒが自責の念を感じていることは分かった。だがな、お前は個人として、もしくは聖女としてここにいるわけではない。俺の眷属としてここにいる。その意味が分かるか？」

袴田朝陽としてではなく、聖女としてでもなく、エルキディウスの眷属として……？

戸惑《とまど》う朝陽に、エルキディウスはスッと目を細めた。どこか厳しさを孕《はら》んだ視線に、朝陽は身じろぐことすらできずに固まる。

「お前を眷属にしたのは俺だ。であればお前を傷つけるのも殺すのも、俺だけの権利だ。そして――そのお前を侮辱《ぶじょく》するのであれば、それはそのまま俺に対する侮辱になる」

その言葉に朝陽は驚いて目を瞠《みは》った。そんなこと、考えてもみなかったからだ。

朝陽個人としての自分しか、朝陽は意識したことがなかった。自分の態度がエルキディウスの権威《けんい》に傷をつけることがあるなんて……。

「すみません、俺……そういうの分かってなくて」

「分かってくれたのならいい。お前の元いた世界というのは、ここことは随分《ずいぶん》と価値観が違うのだろうな」

エルキディウスはそれ以上朝陽を責めることなくそう言った。

「価値観……。それは、そうかも知れないです」

「少し興味が湧《わ》いた」

エルキディウスはそう言うと、先ほどの視線などなかったかのように楽しげな顔になった。

「お前の世界の話を聞かせろ。この世界とはどう違う？」

「どうって……」

突然《とつぜん》訊《き》かれて、戸惑いつつ朝陽はゆっくりと口を開く。

「一番の違いは……魔族《まぞく》や魔獣《まじゅう》はいないし、魔法もないってことですね」

「魔法がないというのは、サファリスに聞いたな」

どうやら、サファリスは随分と細かなことまでエルキディウスに報告をしているらしい。

「あとは、世界っていうか、俺の周囲の話になるんですが――」

食事をしながら、朝陽は元の世界のことをぽつりぽつりと話した。知識が広いわけでもないし、この世界のこともよく分からないことが多いため、たいしたことは話せなかったけれど、身分というものがないことや、科学の発達による生活の違い、国による言葉の違いなどについて話した。

「国によって違うというのは不便じゃないのか？」

「まぁ……不便かも知れないですけど、今ある言語を何か別の言語に統一するのもさみしいような気がしますね。俺は日本語っていう言葉を使っていました」

「ニホンゴ」

「はい。漢字とひらがなとカタカナがあって……」

「どう違うんだ？」

「そうですね……例えば、ひらがなのあは『あ』カタカナは『ア』漢字は……『亜』とか」

「アサヒの『あ』はどれだ？」

テーブルを指でなぞっていた朝陽は、エルキディウスにそう訊《き》かれて小さく唸《うな》る。説明が難しい。

「朝陽はまた別の漢字なんです」

朝陽がそう言って再び指でテーブルをなぞろうとすると、エルキディウスはサファリスを呼んだ。

「何か書くものを持ってきてやれ」

「かしこまりました。こちらはもう片付けてもよろしいですか？」

食事の終わった皿のことだろう。エルキディウスと朝陽が頷《うなず》くと、サファリスはすぐに部屋を出て行き、食器を下げるためのワゴンを押して戻《もど》ってくる。もちろん、ペンとインク瓶《びん》と紙も持ってきていた。

「ありがとうございます」

礼を言った朝陽にサファリスは微笑《ほほえ》む。

「食後のお茶をお持ちしますね」

そう言うと、テーブルの上をさっと片付けてくれる。朝陽はすっかりきれいになったテーブルに紙を広げて、自分の名前を書く。

「これでアサヒと読みます。朝の太陽という意味です」

「意味があるのか……面白《おもしろ》いな」

言いながら紙を取り上げ、エルキディウスはまじまじと朝陽の字を眺《なが》める。

「朝陽か……朝の太陽……。いかにもお前らしい名前だな」

羽根ペンなど使い慣れないせいもあり、少しよれたような線になってしまったそれを凝視《ぎょうし》されるのが恥《は》ずかしく、朝陽は別の話題を振《ふ》る。

「あ、あの、俺はこちらの文字は分からないんですけど、エルキディウスはどう書くんですか?」

エルキディウスは朝陽の言葉を聞いて、朝陽の名前の横に流れるような文字を書いた。

エルキディウスのペンの運びは美しく、字には流麗《りゅうれい》さがある。おそらくだが、ここに来るまでに何度か見かけたものと同じ文字だろう。

「クーデリアの言葉が分かることに関しては、召喚陣《しょうかんじん》の影響《えいきょう》だと聞いたんですが、魔族も同じ言葉を使っていたことには、正直驚きました」

同時に、言葉の通じるものを攻撃《こうげき》するという行為《こうい》に、強い忌避《きひ》感を抱《いだ》いたのだけれど。

「こっちは世界中で言語が統一されているんですか？」

「そう言われてみればそうだな」

エルキディウスは頷くと、少し考えるように沈黙《ちんもく》した。

「……俺たちのせいかも知れんな」

「魔族の？」

「ああ。俺たちは皆《みな》同じ言語を使う。そして、世界中に存在し、古くは人間と交流を持っていた。言葉など通じるのが当たり前と思っていたが……原初は別の言語だった気もする」

「――そういえば、エルは何歳なんですか？　サファリスさんが二百年以上生きているという話は聞きましたけど」

「俺か？　さてなぁ……あまり考えたことはなかったな。五百か千か」

「五百と千じゃ全然違《ちが》うと思いますけど……」

「そうか？　魔族の命は人のそれとは違うからな。俺もすべて連続して存在していたわけではないし」

「連続して？　存在？」

言っている意味が分からず首をかしげる朝陽に、エルキディウスはどう説明したものかと言いながらも教えてくれる。

魔族は概念《がいねん》に近いもので、死んで生まれ変わっても同じ命なのだという。核《かく》にマナが満ちればもう一度生まれることになる。ただし弱い者は死ぬと同時に核が壊《こわ》れ、もう一度集まることはない。核を持つ人間が魔族と同じように生まれ変わらないのは、元々核が弱いからなのだという。

また、人との間に生まれたものでも、人より魔族に近いものは人とは違う外見や長い寿命《じゅみょう》を持ち、人と魔族が相容《あいい》れない時代になってからは魔族として暮らすようになったらしい。

「魔族同士でも子をなすことは当然できるし、そのためにここまで増えたといえる」

「なるほど……。なら、ライハルトたちに殺された魔族たちも……」

「ほとんどが、いずれまた同じ者として生じる。長くても二年程度だろう」

「そう、ですか」

いつかまた、同じ者として生まれるというのなら、魔族たちの多くが朝陽を責めないのも、そのせいなのかも知れない。

「あれ？　でも、それなら何で……」

「どうかしたか？」

「いえ、その、俺がエルの命の恩人みたいに言われるのっておかしくないかなって思って」

「なるほどな」

朝陽の言葉に、エルキディウスはもっともだというように頷く。

「先ほど、生まれ変わるのは核にマナが満ちたときだと説明したな？」

「はい」

「俺の核は通常の魔族《まぞく》の何倍ものマナを集めることができる。一度死ねば、再び生じるまでには長い時間がかかる。おそらく、五十年前後は必要だろう」

「五十年……」

それは確かに長い。

「それに、あのとき俺には聖剣《せいけん》が刺《さ》さったままだったろう？　あれは封印《ふういん》に近いものだった。魔族は覚醒《かくせい》した聖剣には触《さわ》れんし、お前が引き抜《ぬ》かなければ核からすべての魔力が抜けきって死ぬまで……下手すれば十日近くあの状態のままになっただろう。サファリスを見れば分かると思うが、臣下たちが魔力を注ぎ続ければ更《さら》に延びた可能性も高い」

あのとき、聖剣を突《つ》き刺されたエルキディウスを取り囲んでいた魔族たちが皆、子どもの姿だったことを思い出す。

「そういうわけだ。お前が俺を救ったことの重要性が分かったか？」

そう訊かれて、朝陽は曖昧《あいまい》に頷いた。そういうことであれば、確かに助けたと言えるのだろう。もっとも、そうは言ってもその前のことを考えたら、今のような待遇《たいぐう》はおかしいと思うことに変わりはないけれど……。

話の切れ目を見て、サファリスがお茶を運んできてくれる。

といっても、お茶を飲むのは朝陽だけで、エルキディウスの前にはワインの入ったグラスが置かれていた。

「ああ、そうだ。サファリス、あれを」

エルキディウスの言葉に、サファリスはすぐに頷き、布の張られたトレイを手に戻ってくる。

そして、それをエルキディウスの前に置いた。

エルキディウスが中に置かれていたものをつまみ上げると納得《なっとく》したように頷く。

「ほら、お前のものだ」

「えっ」

差し出され、反射的に手を出すと手の上に何かがころりと転がった。

「……指輪、ですか？」

「ああ。俺の眷属《けんぞく》である証《あかし》として作らせた。肌身《はだみ》離《はな》さずつけていろ」

銀色の指輪にはエルキディウスの目のような赤い石が嵌《は》まっていた。宝石には詳《くわ》しくないので、それが宝石なのか、もっと違うものなのかはよく分からないけれど。

「でも、こんな高そうなものもらえませんよ」

「証だと言っただろう。もらえないというなら、眷属として貸与《たいよ》されたとでも思っておけ」

「……分かりました」

社員証のようなもの、と思えばいいのだろうか。

大きさを確かめようとして、内側に黒い石が嵌められていることに気づいた。

少し不思議な作りだけれどきれいだな……。

そんなことを思いつつ朝陽はその指輪を左手の中指に嵌める。その手を向かいに座っていたエルキディウスが摑《つか》んだ。

「――ああ、よく似合うな」

満足げな声に、わずかに頬《ほお》が熱くなるのを感じて、朝陽は慌《あわ》てて手を引こうとしたけれど、強く摑まれて動けない。

「……離《はな》してください」

蚊《か》の鳴くような声でそう訴《うった》える。

「今更《いまさら》手をつないだくらいで、恥ずかしがることもないだろう？」

「は、恥ずかしがってなんか、いませんっ」

思わずエルキディウスを睨《にら》んだけれど、相手は楽しそうに笑うばかりだ。そのままそっと手の甲《こう》に口づけられて、朝陽は熱を持つ頬を右手で隠《かく》した。

「城の外に？」

「ああ」

ある日の正午近く。

「城の中ばかりでは退屈《たいくつ》だろう」

ようやく医務棟《とう》の患者《かんじゃ》の治療《ちりょう》がすべて終わって、遅《おそ》い朝食と昼食を一緒《いっしょ》にした食事を摂《と》ったあとのことだった。

遅くなったのは、昨夜エルキディウスに抱かれたせいで、起床《きしょう》が遅れたためだ。思い出すと頬が熱くなるので思い出したくはない。

抱かれたのは昨夜で五回目だ。治療を始めたら毎晩かと思っていたけれど、そんなことはなく、二日に一度で事足りた。もちろんそれでもまだ、慣れたとは言いがたいし、無事に済んだことで随分《ずいぶん》とほっとしている。

――もっとも、エルキディウスに言わせれば、治癒《ちゆ》魔法を使わなくともまだまだ朝陽がエルキディウスから魔力を注いでもらわなくてもよくなるには時間がかかる、ということだったけれど……。

ともかく、ここに来てもう十日以上が経《た》つ。けれど、今エルキディウスが言った通り、朝陽が魔王城を出たことは一度もない。

いや、魔王城どころか、今いる建物と医務棟以外に行ったこともなかった。

もちろん、ここに来るまでの間に、魔族の土地といわれる場所を通ったけれど、ほとんどが森だった記憶《きおく》だ。

「お前の働きに対する褒美《ほうび》だと思えばいい」

「褒美って……いや、そもそもお詫《わ》びなので」

詫びとしての行動に褒美をもらうというのもおかしな話ではないだろうか？

朝陽はそう思ったのだが……。

「いいから、行くぞ」

ぐいと手を引かれ、そのまま部屋の外に連れ出される。

向かう先はなぜか上《のぼ》りの階段のほうだ。このままでは空中庭園に出てしまうと思っていると、やはり連れて行かれたのは庭園だった。

一体どういうことなのだろうと思ったのだが……。

「っ……」

庭園の中央に鎮座《ちんざ》していたものを見て、朝陽は息を吞《の》んだ。

そこには赤い鱗《うろこ》を持つドラゴンが伏《ふ》せていたのである。比較的《ひかくてき》小型ではあるが、ドラゴンは魔法を使う上、空を舞《ま》う。やっかいな魔獣《まじゅう》だ。何度か戦ったことはあるけれど、正直足が竦《すく》んだ。しかし、エルキディウスは迷うことなく近付いていく。手を引かれたままの朝陽も当然近付いていくことになる。

内心パニックに陥《おちい》りつつも、朝陽は騒《さわ》ぎ立てることもできず、エルキディウスに従う形でドラゴンのすぐ近くまでやってきた。

大丈夫《だいじょうぶ》なのだろうかと思う。緊張《きんちょう》で心臓が痛い。だが、エルキディウスは平然としていた。そういえば魔族と魔獣の関係を聞いていない。ひょっとして家畜《かちく》のようなものなのだろうか。よく見れば、ドラゴンには鞍《くら》のようなものがつけられている。

まさか乗るのか？　乗り物なのか？

「エル、あの、このドラゴンて……」

「そういえば、今の人間はドラゴンには乗らないんだったな。朝陽の世界でもそうなのか？」

「いや、俺のいた世界にはドラゴンはいないので」

やはり乗るのかと思いつつもそう返すと、エルキディウスは「そういえば魔獣はいないと言っていたな」と頷《うなず》いた。

「心配せずともいい。ほら、乗るぞ」

エルキディウスはそう言うと朝陽を抱《だ》き上げてドラゴンに乗せ、自分も朝陽の背後に乗った。背中をエルキディウスの胸に預け、両脇《りょうわき》は手綱《たづな》を持ったエルキディウスの腕《うで》に挟《はさ》まれているので安定している。

だが……。

「わ、あっ！」

エルキディウスが軽く手綱を引いた途端《とたん》、ドラゴンが翼《つばさ》を広げふわりと浮《う》いた。羽ばたいて飛ぶというより、浮遊《ふゆう》だ。まぁ単純に考えて、ドラゴンの巨体《きょたい》は羽の力では支えきれない。なので、飛行自体も魔法によるものなのだろうと思ったことはあった。ある意味それが証明されたといえるだろう。

――――などと現実逃避《とうひ》にも近いことを考えてしまったのは、この空を飛んでいるという状態に心底恐怖《きょうふ》しているためだ。

高所が怖《こわ》いということはない。だが、なんのセーフティーもない状態で、生き物の背中に乗せられて空を飛んでいるというのは普通《ふつう》に怖い。

しかも高度は徐々《じょじょ》に上がっていく。恐怖に震《ふる》えながらも、恐《おそ》ろしさのあまり逆に目を閉じることもできない。

「なんだ？　震えているのか？　そんなに怖がらずとも、落としたりはしない」

「でっ……でも……っ」

「そんなに不安なら、こうしておくか」

片方の腕が朝陽の腹部に巻き付く。朝陽はその腕に縋《すが》るようにぎゅっと両手で押さえる。

「絶対離さないでくださいね……っ」

「ああ、任せておけ」

ようやく少しだけほっとしてそう言った朝陽に、エルキディウスが笑うように言った。

やがて高度が上がりきったのか水平飛行になると、動いているという感覚も少なくなり、恐怖も少し薄《うす》らいだ。

きっと最初に飛行機に乗った人は、こんな気分だっただろうなとぼんやりと考える。

下を覗《のぞ》き込むような勇気はないため、視界にあるのは真っ青な空と、ドラゴンだけだ。

それが逆に停止しているような錯覚《さっかく》を起こさせる。

「そういえば、風とかあんまり感じませんね」

「この速さで風を浴びれば、お前など一瞬《いっしゅん》で凍《こご》えてしまうからな。魔法でこう……空気の膜《まく》を作ってある」

「あ、なるほど」

言われてみればそうだ。高度も高いから気温自体も低いだろうし、スピードによっては下手すると凍えるだけでなく、息をすることも厳しいかも知れない。

「そういえば、ドラゴンは魔族なんですか？」

「そうだな。魔法が使えるものは皆《みな》魔族だ」

確かに、そう聞いたなと思い出す。

「じゃあ、魔法が使えない魔獣は……」

「それはただの獣《けもの》だろう。獣の中にもまれに魔族と交わるものがいるから、そういったものが魔獣と呼ばれることもあるが、その場合も呼び分けは核《かく》のあるなし、魔法が使えるかどうかということに、こちらではなっている。人間どもの考えはまた違《ちが》うだろうが」

「確かに、その辺りの区分けは曖昧《あいまい》だったかも知れないです」

「人は体内に核があるかどうかを、目で判断することが難しいようだからな」

「魔族はできるんですか？」

「当然だ。まぁ、お前のような例外はあるが」

そういえば前に、聖女のものは見えにくいという話をシュナイゼルがしていた気がする。

そんな話をしているうちに、目的地に着いたらしい。

「そろそろ下降するぞ。不安なら今から目を閉じておけ」

「は、はいっ」

エルキディウスの言葉に朝陽は頷く。怖いと思ってからでは遅い。ぎゅっと目を閉じ、腹に回ったままのエルキディウスの腕を再び強く握《にぎ》った。ジェットコースターの安全バーに縋るような気持ちだ。

ふわりと内臓が浮くような感覚に、必死で悲鳴を飲み込む。だが、それはそう長くは続かなかった。程《ほど》なくして、特に衝撃《しょうげき》もなくドラゴンは着陸したようだった。

「ほら、もう着いたぞ」

そう言われておそるおそる目を開けた朝陽は、目の前の光景に目を瞠《みは》る。

「すごい……」

そこは一面の花畑だった。ドラゴンの降り立った場所は大木の下で、そこを中心に背の低い青紫《あおむらさき》の花がまるで海のように、驚《おどろ》くほど遠くまで広がっている。

「お前はよく庭園に足を運んでいたようだからな。こういった場所も好きかと思ったんだが」

正直、今まで花が好きかどうかを意識することはあまりなかった。

庭園に足を運んでいたのも、どちらかと言えば他《ほか》に行く場所を思いつかなかったからというのが大きいけれど……。

どうしてだろう？　エルキディウスが、朝陽を喜ばせようと連れてきてくれたのだと思ったら、胸の辺りがくすぐったいような、そんな気分になった。

それは、不快なものではなく、むしろ……。

「――すごく、好きです。ありがとうございます」

朝陽は身を捩《よじ》るようにしてエルキディウスを見上げると、そう言って微笑《ほほえ》んだ。エルキディウスは軽く目を瞠り、なぜかスッと目を逸《そ》らす。

「……そんなに気に入ったなら、また連れてきてやる」

「はい、ありがとうございます」

朝陽が素直《すなお》に頷くと、エルキディウスはさっさと朝陽を抱き上げてドラゴンから降りた。

地面に下ろされた朝陽は、そのままへたり込みそうになってエルキディウスに抱き留められる。

「どうした？」

「ち、力が入らなくて……」

恐怖のせいだろうか。いわゆる腰《こし》が抜《ぬ》けた状態である。実際の体調の不良ならば治癒魔法《ちゆまほう》で治ってしまうだろうから、精神的なものだとは思うが……。

「そんなに恐ろしかったのか？」

「し、しょうがないじゃないですか！　空を飛んだことなんてないし……」

くすりと笑われて、思わずそう反論するが、さすがに恥《は》ずかしい。

先ほどまでのくすぐったいような空気は、いつの間にか霧散《むさん》していた。

支えられ、木の幹に背を預けるように座り込む。エルキディウスもすぐ隣《となり》に座った。

「元の世界には魔法がないんだったな。ならば空を飛ぶことなどないのも道理か」

エルキディウスの言葉は慰《なぐさ》めだったのかも知れないけれど、朝陽は苦笑《くしょう》して頭《かぶり》を振《ふ》る。

「空を飛ぶ方法自体はありましたよ。飛行機とかヘリコプターとか」

「ヒコウキとヘリコプター？」

「乗り物です。空を飛ぶ鉄の塊《かたまり》」

「鉄？　どうしてわざわざそんな重いものを飛ばすんだ？」

不思議そうに言われて、もっともな疑問だなと思う。

「俺もよく分かんないんですけど、なぜか飛ぶんです」

「前に言っていたカガクというやつか」

頷《うなず》くとエルキディウスは苦笑する。

「不思議なものだな」

「俺には、魔法とかドラゴンのほうがよっぽど不思議です」

「そうか？」

「そうですよ。……未《いま》だにどうして自分に治癒魔法が使えるのかもピンとこないし」

治れと、ただ祈《いの》っているだけだ。

それだけで、傷も毒も病も癒《い》やしてしまう。

「この力があったら、母さんも助かったのかな……」

「母……？」

エルキディウスの反応から、自分が声に出していたことに気づいて、朝陽は苦笑を浮かべる。

「俺の母親は、病で亡《な》くなっているんです」

「そうだったのか」

朝陽は頷いて、そっと自らの膝《ひざ》を抱き寄せる。

「やさしくて、かっこいい母でした。……俺は子どもの頃《ころ》から父親がいなかったので、母が一人で俺を育ててくれて……」

そうして、朝陽はぽつりぽつりと母との思い出を語る。

忙《いそが》しい人だった。けれど、その中でも、愛を伝えてくれる人だった。亡くなってから、特に感じるようになったのは、どれだけ家に一人の時間が長くても、自分は母が生きていた間は孤《こ》独《どく》ではなかったということだ。

だからこそ、その喪失《そうしつ》は大きくて……。

「実は元々、この世界に来る前、俺は誰《だれ》かの怪我《けが》や病気を治す手伝いをするのが夢だったんです」

「そうなのか？」

エルキディウスはそう言ったあと、わずかに微笑んだ。

「なら、夢は叶《かな》ったな」

「え……」

思ってもみなかった言葉に、朝陽は大きく目を見開いた。

エルキディウスはそんな朝陽に、不思議そうな顔をして口を開く。

「シュナイゼルの手伝いをしているだろう？　治療《ちりょう》にも当たっている」

「……はい。そう、です」

そうか、言われてみればその通りだ。

どちらかというと手伝いというか、治療をする側ではあるけれど、手伝うことにこだわっていたわけではない。

「そっか……」

朝陽は笑い声を零《こぼ》す。

「どうした？」

「いえ、俺って、本当に自分勝手だなと思って」

看護師ではないけれど、怪我を癒やすことはできている。確かに夢は叶ったと言えるのかも知れない。罪滅《つみほろ》ぼしのつもりで始めたことなのに、いいのかという気もするけれど……。

「せめてできることをとか言いながら、ちゃっかり自分の夢を叶えてるなんて……」

そのせいか、夢を叶えたのだという喜びが、胸に湧《わ》くことはなかった。

「悪いことではないだろう？　実際に助かった者も多い。シュナイゼルも喜んでいるしな」

エルキディウスはそう言ってくれたけれど、朝陽は本当にいいことなのか分からなかった。

「そうでしょうか……」

沈黙《ちんもく》し、膝に目を押し当てるように俯《うつむ》いた朝陽の耳に、エルキディウスのため息が聞こえる。

「朝陽」

「わっ」

唐突《とうとつ》に、エルキディウスが朝陽の体を抱《だ》き上げた。背後から抱きしめられる体勢に、目を白黒させていると、耳元に熱を感じてぴくりと肩《かた》が震《ふる》える。

「お前は、自分に厳しすぎる。内罰《ないばつ》的というのか……自分が悪いのだと思う必要もないところでまで、自分を責め、責任を取ろうとする」

「そんなこと……ありません」

「いいや、ある。俺はお前が覚醒《かくせい》させた聖剣《せいけん》で倒《たお》されそうになったが、それはお前の罪じゃない。お前は望んでもいないのにこの世界に拐《かどわ》かされ、脅《おど》され、騙《だま》された被害者《ひがいしゃ》だ。悪いのはお前を拐かした王国の人間であり、勇者たちだろう。だというのにお前は自らのものではない罪を背負い、それを贖《あがな》おうとした。そして、そのことで利とすら言えない利を得たことに罪悪感まで抱《かか》えようとしている。……本当にばかなやつだ」

「……ばかで悪かったですね」

そう言い返したものの、朝陽はどうしていいか分からず困ってしまった。

エルキディウスがそんなふうに考えていたなんて、思ってもみなかったから。

いや、今までも何度か伝えてはくれていた。けれど、ようやく朝陽の中に、その言葉が落ちてきたような、そんな感覚だ。

理由があるとしたら、それは……自分がエルキディウスに心を開いてしまったからかも知れない。

だから彼の言葉が、心まで届いたのだろう。

「悪くない。だが俺は、自分の眷属《けんぞく》は幸せにする主義だ」

「そんな主義、初めて聞きましたけど……」

「今考えた」

笑いを含《ふく》んだ声に、朝陽も小さく笑ってしまう。

「いつまでも、自分を罰するのはやめろ。誰がお前を許さなくても、俺が許していることを覚えておけ」

「……はい」

自分を抱きしめている腕《うで》に、少しだけ力がこもったのが分かる。苦しくはない。ただ、とても安心した気持ちで朝陽はそっと微笑《ほほえ》んだ……。

「じゃあ、魔力《まりょく》が満ちることのほうが大切っていうことですか？」

医務棟《とう》でシュナイゼルの実験に付き合いながら、朝陽は問いを口にする。室内にいるのは、朝陽とシュナイゼルの二人だけだ。

いつも一緒《いっしょ》にいるサファリスは、マジェスに呼ばれて少しだけ席を外していた。

重傷者の治療がすんでからも、朝陽は医務棟通いを続けている。

もちろん、エルキディウスに許可は取ってあった。シュナイゼルのほうも治癒《ちゆ》魔法に興味《きょうみ》津々《しんしん》なこともあって、歓迎《かんげい》してくれているようだ。

この時間を楽しく感じてしまっていることに、時折罪悪感が顔を出すけれど、そのたびにエルキディウスの言葉を思い出した。

「そうなりますね。核《かく》にマナを取り込み、魔力に変換《へんかん》されたものが巡《めぐ》ることで治る。それは欠損や、一度死んだ本人そのものであっても同じです」

「なるほど……」

そういえば前にエルキディウスが、核にマナが満ちれば再び生じると言っていた。

「では、魔力を注いだら、治癒魔法でなくとも怪我は治るのでは？」

「そこが不思議なところなのですが、注がれるものが『マナ』でなければ治癒はされないようなのです。おそらくですが『聖女』とはマナを取り込み、マナのままで他者に注ぐことができる存在なのではないかと」

シュナイゼルが言うには、その聖女が注ぐマナの濃度《のうど》が、自然にあるものよりも高濃度なため、素早《すばや》く怪我を治すことが可能なのではないかということだ。

「これも推測ではあるのですが、生物は各々《おのおの》構成している魔力に個体差があり、完全に同じものでないと治癒に至らないのではないかと考えています。陛下が聖女様を眷属とされたのも、そのためですね。眷属は陛下の一部。陛下と同じ魔力で生成された存在になるものですから」

シュナイゼルの言葉に、朝陽はなるほどと頷く。治癒魔法を使えるのは聖女だけのはずなのに、朝陽がエルキディウスの魔力で助かったのは、そういう原理だったらしい。

そう考えて、ふと気づいた。

「え、じゃあ、俺は今魔族なんですか？」

「それはもちろんそうです」

あっさりと頷《うなず》かれて、朝陽は絶句した。

自分が魔族？

聖女と言われたときも驚《おどろ》いたが、それに近い衝撃《しょうげき》だった。いや、魔王の眷属になったのだということも、その魔力で生かされているのだということも分かっていたのだから、今更《いまさら》といえば今更なのだろうが……。

「じゃあ、俺も今後は死んだらまた生き返るってことなんでしょうか？」

「そうですねぇ……ただの人間と聖女様ではまた違《ちが》うのかも知れないですし、はっきりとは分からないですね。実験してみたいということであれば、もちろん協力しますが――陛下に許可を取らないとだめでしょうね」

「実験はしないですから！」

相変わらずのシュナイゼルに朝陽は苦笑《くしょう》する。

そもそもエルキディウスが許可をすることはないだろう。

そう考えてから、自分の考えに少しだけ恥《は》ずかしくなる。無意識に、エルキディウスなら自分の命を危険にさらすようなことは許可しないと考えていた。

いや、もちろん、エルキディウスは魔王とは思えないほどやさしいから、自分でなくとも命を粗末《そまつ》にするようなことは許さないだろうけれど……。

「…………」

「どうしました？　ため息なんて吐《つ》いて」

「え？　あ、いえ、何でもないです」

ため息を吐いた自覚はなかったが、シュナイゼルが言うのだから、吐いていたのだろう。

「ただ、エルが最近は随分忙《ずいぶんいそが》しそうで、あまり顔を合わせていないなと思って……」

いや、夜になれば同衾《どうきん》しているのだけれど、それも深夜や朝方になってからが多く、会話をする時間がないのだ。

ここに来てからすでに二十日ほどが経《た》っている。エルキディウスの魔力は朝陽の体にきちんと馴染《なじ》み始めているようで、離《はな》れている時間が増えても問題がなくなってきているのだ。

実際抱かれたのもあのあとは一度だけで、特に問題は起きていない。

加えて、魔王城が勇者という名の賊《ぞく》に襲《おそ》われたことを知った魔族たちが続々と世界中から魔王に謁見《えっけん》に来ているらしく、エルキディウスはそのために忙しいらしい。

朝陽はなんとなく、中指の指輪を見つめ、エルキディウスの瞳《ひとみ》のような赤い色の石に触《ふ》れる。

こうするとなぜだか少しだけ、心が安らぐような気がするのだ。

――ああ、でも今日は……。

朝、今夜は起きて待っているようにと言われた。そろそろ足りなくなるだろうから、と。

それはつまり、今夜は抱かれるということで……。

考えた途端《とたん》、頬《ほお》が熱くなって朝陽はその場にしゃがみ込みそうになったが必死でこらえる。

「どうしました？　今度は真っ赤になってますよ」

「なっ、なんでもないですっ」

シュナイゼルの言葉に慌《あわ》てて頭《かぶり》を振《ふ》り、雑念を追い出す。

「あ、そういえばそれ、眷属の証《あかし》の指輪ですよね」

「へ、あっ、はい、そうです」

撫《な》でていたのを見られたのだろう。こくこくと頷く。

「少しだけ見せてもらってもいいですか？　もちろん、嵌《は》めたままでいいので」

「あ、はい」

手を差し出すと、シュナイゼルは興味深げに指輪を見つめる。

「美しいですねぇ。眷属の証というだけあって、陛下の魔力も感じます」

「そうなんですか？」

「ええ。魔族ならば誰《だれ》でも、感じると思いますよ。まぁそうでなくては証とは言えないでしょうから」

つけているだけで、エルキディウスの眷属《けんぞく》だと分かるということなのだろう。

「眷属の証の指輪というのは初めて聞いたので、どういうものなのかは気になっていたんですが、これまではサファリスがおっかなくて言い出せなくて」

「……そうなんですか？」

「はい。サファリスは怒《おこ》ると怖《こわ》いですからね」

「いえ、そっちではなくて」

確かに、以前メリダに対して怒《いか》りを露《あら》わにしていたサファリスは怖かった。

しかし、朝陽が気になったのは指輪のことだ。眷属に指輪を贈《おく》るのが初めてというのはどういうことなのだろう？　社員証のようなものではなかったのだろうか。

「今までの眷属の方はどうしてたんですか？」

「今までのというか……陛下のおそばで医療《いりょう》に携《たずさ》わるようになってから随分《ずいぶん》経ちますが、少なくとも私が初めて陛下にお目にかかって以降、陛下に眷属がいたという話は聞いたことがありません」

「え」

思わぬ情報に、朝陽はぱちりと瞬《またた》く。

「そうなんですか？」

「はい。遥《はる》か昔にはいたのかも知れませんが……私もまだ城に来て百年ほどの新参ですからね」

百年で新参。そういえば、サファリスは二百年くらいここにいるという話を聞いた覚えがある。

そもそも、魔族の社会がどういうもので、城に詰《つ》めている者たちがどういうものなのかも、朝陽は知らないのである。

いい加減その辺りも勉強したいなと思ってから、朝陽は自分がこの城にいることに違和感《いわかん》を覚えなくなってきていることに気づいてドキリとした。

「あの、失礼な質問ですし、答えなくてもいいんですが、サファリスさんて、おいくつくらいですか？　お城に来て二百年くらいだというのは、エルに聞いたんですが」

風呂上《ふろあ》がりに、お茶を淹《い》れてくれたサファリスをそのままお茶に誘《さそ》った。最初のうちは何度も断られたが、最近は一度誘えば大抵《たいてい》受けてくれる。もちろん、他《ほか》に用事があるときは気にせず断ってくれと言ってあるけれど。

「私ですか？　二百ほどです。私とマジェスは親が城勤めでしたから、生まれたときから城におりますので」

「えっ、そうなんですか？　じゃあサファリスさんのご両親もお城にいらっしゃるんですか？」

「いいえ、今は北部でのんびりとしていると思います。百年ほど会っていないので、変わっていなければということになりますが」

単位が大きい。だが長く生きていればそういうものなのだろうか。

「北部……あの、俺はこの世界の地理に疎《うと》いのでよく分からないんですが、このお城より北ということですよね？」

魔王城《まおう》に続く森は、クーデリアではそのまま『魔の森』と呼ばれていた。

そこから北は魔族の支配する土地であり、人間は足を踏《ふ》み入れることはないとか。

「はい、そうです。人間がどう言っているかは分かりませんが……この城は魔族の治める土地の中では最南端《さいなんたん》にあります。人の住む土地との境界の森を抜《ぬ》けるとすぐに城があり、そこから北に魔族の多くが暮らしています」

「少し不思議に思っていたんですが、魔王の暮らす城が、人間の住む土地の一番近くにあるのは不用心なのでは……」

「ここに城を建てるとお決めになったのは、陛下だと伺《うかが》っています。ご自身が防げぬものならば魔族全体を似《もっ》てしても防げぬだろうと。ですから、森に近い部分は砦《とりで》としての機能も擁《よう》しております」

確かに、魔王は魔族の中でもっとも強い魔力を有していると聞いた。通常の魔族が死んでから長くても二年で復活するのに対して五十年という話だったから、単純計算で二十五倍の魔力量があるということになる。

確かに、魔王が倒《たお》せない相手なら、魔族が束になっても難しいのだろう。正直、ライハルトたちにそれほどの力があったのだと思うと複雑な気分になるのだが……。

いいや、パーティは自分を入れたら五人だったのだし、つまりは五人がかりだったのだ。だからエルキディウスのほうが弱かったなどとは到底《とうてい》思わないし思いたくない。

「ただ、それでも魔王様を脅《おびや》かしたくないというような魔族が、あの辺りを巡回《じゅんかい》しておりますし、同じ理由で森に住む者もおりますね」

実際、魔の森の魔獣《まじゅう》や魔族の数はそれまでの比ではなく、ここまでの旅でもっとも熾烈《しれつ》な戦闘《せんとう》が続いたことは覚えている。エルキディウスを守ろうと必死だったのだろう。

「魔王が生きてるって分かったら、また同じことが起こるのかな……」

ぽつりと呟《つぶや》きが零《こぼ》れる。

「いいえ、当分はないかと」

サファリスは朝陽の呟きを拾い、あっさりとそう返してきた。

「そうなんですか？」

「はい。あの者たち程度では、森を無事に抜けられるかも怪《あや》しいと思いますよ。ただでさえ、先日の襲撃《しゅうげき》で魔族が城の周辺に集まってきておりますし」

「そういえばそうでしたね」

謁見《えっけん》を求める者の数も多く、そのせいでエルキディウスの政務の時間が長くなっているのだと聞いたばかりだ。

「でも、やっぱり心配です」

いくら数が多くとも、無傷で追い返せるとは限らない。一度はエルキディウスすらも凌駕《りょうが》したのだ。

だが……。

「問題ないだろう。朝陽がここにいるんだからな」

「――……エル」

いつの間に入ってきたのか、顔を上げると部屋の入り口にエルキディウスが立っていた。エルキディウスはそのままソファへと近寄り、朝陽の隣《となり》へ腰《こし》を下ろす。

「お飲み物をお持ちいたしますか？」

エルキディウスが座るよりもはやく立ち上がっていたサファリスがそう訊《き》くと、エルキディウスは軽く首を横に振った。

「お前ももう休め」

サファリスはエルキディウスの言葉に頭を下げると、さっと部屋を出て行ってしまう。

結局一番訊きたかった、自分以前にエルキディウスに眷属がいたのかという話ができなかったが、それをしている最中にエルキディウスが入ってきていたら相当気まずかっただろうから、これはこれでよかったのかも知れない。

だが二人きりになったことに、少しだけ緊張《きんちょう》する。このあと抱《だ》かれるのだと分かっていながら平静でいられるほどには、まだ慣れていない。

――いや、むしろ、いつもより緊張している気がする。

なぜだろう？　ここのところ一緒《いっしょ》にいる時間が少なかったからだろうか？　少しずつ脈が速くなっているような……。

朝陽は手にしていたティーカップのお茶を、ぐっと飲み干した。ソーサーにカップを戻《もど》しつつ、ちらりとエルキディウスを見る。

「……俺がいないくらいでは、たいした戦力低下にならないと思います」

結局、沈黙《ちんもく》に耐《た》えられず、先ほどの続きを口にした。

「というか、元々戦力外なんですよ。実際、そう言われましたし」

治癒《ちゆ》しか行えないのだから、当然といえば当然なのだが。

「本当にそう思って言ったのだとしたら、勇者とやらは本物の間抜《まぬ》けだな」

エルキディウスはそう言って笑う。

「お前なしでは、あいつらは俺を毛の一筋ほども傷つけることはできないぞ」

「そんなこと、ないと思いますけど」

回復役の有無《うむ》でそれほど変化があるとは、やはり思えない。

「あ……ひょっとして、聖剣《せいけん》ですか？」

朝陽の言葉に、エルキディウスが頷《うなず》く。

「あれはお前の力がなければ覚醒《かくせい》しない。その上に、お前の治癒なしではここに辿《たど》り着くことはできなかっただろうな」

治癒云々《うんぬん》はともかく、確かに聖剣の存在は大きい。自分はそのためにこの世界に喚《よ》ばれたのだから……。

「なら、もうここが襲《おそ》われる心配はないんですね」

ほっとしてそう言った朝陽に、なぜかエルキディウスは苦笑《くしょう》する。

「まぁ、ここはそうだろうな。だが、あの間抜けどもは再びここを目指してはいるらしいぞ」

「えっ⁉」

エルキディウスの言葉に驚《おどろ》いて、朝陽は目を見開いた。

あの間抜けども、というのは、この場合はもちろんライハルトたちのことだろう。彼らが、ここ……魔王城を目指している？

「どうして……」

「俺が死んでいないことに気づいたのだろうな。報告によれば、明日には森に入りそうだということだ」

「そんな……大丈夫《だいじょうぶ》なんですか？」

「心配しなくていい。元々いずれは相見《あいまみ》えるつもりだった。とはいえ、森に入るまではこちらから手出しをするつもりはない。だが――――一歩でも踏み込めば容赦《ようしゃ》はしない」

にやりと笑うエルキディウスは、むしろその事態を望んでいるように見えた。

確かに、エルキディウスからしても、他の魔族からしても、ライハルトたちは憎《にく》い敵だろうし、再戦の機会を窺《うかが》っていたのかも知れない。

「本当に、大丈夫なんですか？　絶対に？」

「朝陽は心配性《しょう》だな」

エルキディウスはため息を吐《つ》きながら、朝陽の腕《うで》を摑《つか》んだ。

「ちょ……っ」

腕を引かれ、朝陽はあっという間にエルキディウスの膝《ひざ》の上に抱き上げられてしまう。

「そんなに俺が信用できないか？」

「そ、そういうことじゃなくて……」

間近から目を覗《のぞ》き込まれて、自然と頰《ほお》が熱くなる。

「確かにお前には一度無様な姿を見せているから、仕方がないのかも知れんが……まぁ、おそらく明日になれば分かることだろう」

「ひゃっ」

囁《ささや》きと共に耳朶《じだ》を食《は》まれて、朝陽は首をすくめた。

「え、エル……？」

なぜだろう。今夜のエルキディウスはいつになく機嫌《きげん》が良さそうだ。

「何か、いいことがありました？」

勇者がそこまで来ているという状況《じょうきょう》を、上回るような何かがあったのだろうか。そう思って訊いたのだが、返ってきたのは意外な言葉だった。

「今言っただろう。ようやく、あやつらを葬《ほうむ》ることができるんだぞ？　お前の仇《かたき》だ。古《いにしえ》の約定がなければすぐにでも葬ってやりたかったが、ようやく機会が訪《おとず》れる」

「古の約定……？」

「魔王は森より南で人を殺さぬという約定だ」

「どうしてそんな……」

「……どうしてだろうな。その頃《ころ》の気持ちなどもう忘れてしまった」

それはほんの少しだけ、さみしそうな声に聞こえた。けれど……。

「まぁなんにせよ明日だ。今は、もう一つの楽しみに集中するとしよう」

そう言うと、朝陽の頬に手を添《そ》え、ゆっくりと口づけた。

「……ん……っ」

シャツの裾《すそ》から入り込んだ手が、脇腹《わきばら》を撫《な》で上げる。くすぐったさに震《ふる》え、思わず入り込んできたエルキディウスの舌を軽く噛《か》んでしまった。それを咎《とが》めるように、舌を搦《から》め捕《と》られる。

まさか、ここでこのまま？

今までベッドでしかことに及《およ》んだことがない朝陽は大いに慌《あわ》てたが、口づけは深く、言葉を紡《つむ》ぐことができないままエルキディウスの手は大胆《だいたん》に動き始める。

脇腹を撫でていた手はそのまま上に上がり、胸元《むなもと》をゆっくりと揉《も》むように動く。女性のように膨《ふく》らんでいるわけでもないのに、そんなことをして楽しいのだろうかと思うが……。

「ふ……っ」

人差し指と中指が挟《はさ》み込むように乳首《ちくび》に触《ふ》れる。今までも散々いじられたそこは、自分でも恥《は》ずかしくなるほど敏感《びんかん》になっていた。

「は、ん……っ、ん……ぅ」

じわじわと染《し》み出すように、そこから快感が沸《わ》き上がってくる。

「あぁっ」

きゅっと摘《つま》まれて、朝陽はびくんと肩《かた》を揺《ゆ》らした。弾《はず》みで唇《くちびる》が解《ほど》け、濡れた声が零《こぼ》れる。

「気持ちがいいか?」

「そんなの……き、訊かないでください……っ」

乳首で感じてしまうのが恥ずかしくて、朝陽は軽く頭《かぶり》を振《ふ》る。

「だが、気持ちがよくないなら問題だろう?」

するするとシャツを捲《まく》り上げ、頭から抜《ぬ》いてしまう。

「もうこんなに赤く尖《とが》って……美味《うま》そうだ」

「あ、んっ」

ぴんと指先で尖りを弾《はじ》かれて、朝陽は軽く仰《の》け反る。けれど、ソファの上という不安定な場所での行為《こうい》だ。うしろに倒《たお》れそうになって、慌ててエルキディウスの肩に抱きついた。

それがまるで、エルキディウスに胸元を押しつけるような体勢であったことに気づいたのは、乳首にぬるりと舌が這《は》わされてからだ。

「あぁっ」

指で擦《こす》られるのとはまるで違《ちが》う感覚に、肩を震わせる。

左を指で摘まれながら、もう片方を唇で吸い上げられて、朝陽は何度も膝でエルキディウスの太ももを締《し》め付けてしまう。

「気持ちがいいんだろう？」

「……分かってる、くせに」

エルキディウスの言葉に、朝陽はそう言うと仕返しにエルキディウスの耳を軽く引っ張った。

「こら、悪戯《いたずら》するな」

叱《しか》るように言いながらも、声は笑っている。

「あ……ああっ」

唾液《だえき》に濡《ぬ》れていたほうを強く摘まれて、高い声が零れる。思わず逃《のが》れるように背中を丸めてしまったけれど、エルキディウスが片腕を腰《こし》に回してくれていたおかげで、膝から落ちるようなことはなかった。

「あっ……んっ」

「逃《に》げても無駄《むだ》だ」

エルキディウスの腕が朝陽の腰を抱《だ》き寄せ、舌が赤く充血《じゅうけつ》した乳首に触れる。

「あっ、んっ……んっ」

舌で舐《な》め上げられたあと、じんと痺《しび》れるほど強く吸われて背中が震えた。

「ますます赤くなった。ほら、見てみろ」

唾液で濡れた乳首を見せつけるように摘まれて、朝陽の頬が燃えるように熱くなった。

こんな明るい場所で自分の体がいやらしく色を変えていることを見せつけられて、羞恥《しゅうち》で泣きそうになる。

「エル……お願いだから、ベッドに……」

遠い場所にあるわけではない。ソファを降りてほんの十歩、歩けばいいだけだ。

なのに……。

「たまにはいいだろう？　それとも、余裕《よゆう》がないのは俺だけなのか？」

その言葉に、朝陽は軽くエルキディウスを睨《にら》んだ。

「エルのほうが、よっぽど余裕じゃないですか……っ」

「そう見せているだけだ」

正直、それが事実だとは思えない。けれど、エルキディウスが素直《すなお》にベッドに行ってくれるつもりがないことは分かった。

ぐっと強く腰を抱かれて、膝立ちにされたあと、ズボンが落ちないように結んでいる紐《ひも》をほどかれた。膝を開いているため自然には落ちなかったけれど、すぐにエルキディウスが下着ごと下げてしまう。

「随分《ずいぶん》と感じていたようだ」

今日はまだ触れられていないのに、朝陽のものはすでに先走りを零していた。

「あ……っ」

エルキディウスの手がそこに触れる。腰ががくんと揺れた。くちゅくちゅと濡れた音を立てて先端《せんたん》部分を手のひらで撫でられる。直接的な刺激《しげき》に、腰が揺らめいた。

「あ…っ、だめ……だめ……っ」

ゆっくりと、筒状《つつじょう》にした手で上下に扱《しご》かれて、朝陽は必死で頭を振る。

「何がだめなんだ？」

「あ、あ……っ、も…すぐ、出ちゃう……からっ」

「そんなことか……好きなだけ出せばいい」

「あ、ああ――――っ！」

先端をぐりぐりと指先で擦られて、あっけないほどあっさりと絶頂を迎《むか》えてしまった。

吐《は》き出したものが、エルキディウスの手と胸元を汚《よご》しているのに気づいて頬《ほお》が熱くなる。

「だめ……って……い、た……のに……」

荒《あら》い息を零《こぼ》しながら、ぐったりとエルキディウスに寄りかかると、そのままソファに押し倒された。下着とズボンを足首から抜かれる。

シャンデリアの明かりが眩《まぶ》しく、こんな場所で何をしているのかという疑問が再び沸き上がった。

だが……。

「ん……っ」

片足を持ち上げられて、開いた足の奥に濡れた指がふれる。ずるりと後ろに入り込んできた指に、朝陽は膝《ひざ》を震わせた。

指はためらうことなく中を広げるように動く。指が快楽を与《あた》える場所を掠《かす》めるたびに、朝陽はその指を締め付けた。

魔力《まりょく》が足りなくなったときとは別の渇望《かつぼう》が、じわじわと沸き上がってくる。朝陽の体はもう知ってしまっている。

これよりも深く、強い快感があることを。

やがて、指が増やされる頃《ころ》には、快感を覚えずとも指を締め付けてしまうようになっていた。

指などでは到底《とうてい》足りない。もっと大きなもので自分の中をいっぱいにして欲しくて……。

「エル……っ」

涙《なみだ》の浮《う》かんだ目で、エルキディウスを見つめ、かすれた声で名を呼ぶと、エルキディウスはぞくりと背が震えるような艶《つや》めいた笑《え》みを浮かべる。

「どうした？」

ささやく声には強い情欲《じょうよく》が滲《にじ》んでいる。それでも、朝陽の言葉を待つつもりのようだ。

「意地が悪い……」

思わず零れた呟《つぶや》きに、エルキディウスは目を瞠《みは》った。それから今度は先ほどとは違う、楽しそうな顔で声を立てて笑う。

「魔王なのだから多少は意地が悪くて当然だろう」

開き直ったような言葉だが、まぁそう言われれば確かにそうかも知れない。むしろ、魔王にしては、エルキディウスは随分とやさしいとすら思う。

「だが、今はお前のかわいいところが見たいという、ただそれだけの気持ちなんだがなぁ」

「んっ……」

言いながら指を抜かれて、朝陽は小さく体を震《ふる》わせた。

「お前の望み通り、今夜はやさしくしてやろう。存分にな」

エルキディウスが固くなったものを取り出し、朝陽の足を持ち上げる。そして、指で広げられた場所に熱が触《ふ》れた。

「あ……っ」

そこが、ひくりと蠢《うごめ》いたのが分かった。ゆっくりと先端部分が沈《しず》みこむ。

「んっ……あ…あっ」

少しずつ割り開くように中に入り込んでくるものを、朝陽は強く締め付けた。だが、エルキディウスは止まることなく深くまで突《つ》き入れると、今度は同じくらいゆっくりと引き抜いていく。

「あ…あ……っ」

いつもの激しい快感とは違う。少しずつ、けれど確実に与えられるそれに、朝陽の腰が揺《ゆ》らめくまで、そう時間はかからなかった。

「あ、んっ……あ、あぁ……」

もっと奥にと求めるように腰を揺らし、腕《うで》を伸《の》ばしてエルキディウスに縋《すが》る。

それでも、エルキディウスの動きは変わらない。絶頂を迎えるにはほど遠い、けれど確実に快感は朝陽の体を昂《たか》ぶらせていく。

腰から下が溶《と》けてしまったのではないかと思うほど気持ちがよくて、なのに終わりはまだ見えない。

「んっ、あ、もっと……」

やがて我慢《がまん》できなくなって朝陽は口を開いた。

「うん？」

「激しく、して……いっぱい、かき混ぜて……っ」

「――……ああ、お前が望むなら」

エルキディウスは朝陽の足を肩《かた》にかけると、その大きな手で腰《こし》を掴《つか》んだ。

「ひ、あっ、あ、あ、あ、あぁ…っ！」

急に速く、激しくなった動きに翻弄《ほんろう》されて、朝陽はただ必死にエルキディウスに縋り付き、揺さぶられるまま甘い声を零す。

「あっ…、あっ、も、イク……っ」

「朝陽……っ」

名前を呼ばれ、一番深い場所でエルキディウスのものが弾《はじ》けるのを感じながら、朝陽もまた絶頂に達していた……。

●

その知らせが来たのは、翌日の昼前のことだ。

前夜のこともあり、朝陽はまどろみの中にいた。だが、エルキディウスがベッドから降りた際の、振動《しんどう》でふと目が覚めたのである。

「ん……」

「起こしたか？」

天蓋《てんがい》から下がるカーテンはわずかに開かれており、振《ふ》り向いたエルキディウスは、そこから朝陽を覗《のぞ》き込んでいた。

「いえ……ああ、はい……」

ぼんやりと曖昧《あいまい》な相槌《あいづち》を打ちながら、肘《ひじ》をついて起き上がる。

いつもならば泥《どろ》のように眠《ねむ》って目覚めないのに、このとき目が覚めたのは、朝陽もまた常とは違《ちが》う空気をどこかで感じ取っていたからかも知れない。

「――勇者どもが捕《つか》まったようだ」

「…………。……え？」

一瞬《いっしゅん》何を言われたか分からなかった。

だが、驚《おどろ》いて瞬《また》く朝陽に、エルキディウスは愉快《ゆかい》そうに、しかし同時にやや残忍《ざんにん》にも見える笑みを浮かべる。

「森に入ったところを一網打尽《いちもうだじん》にしたようだ。皆《みな》楽しみに待っていたからな」

「……………楽しみに」

一度は自分たちを、その王を蹂躙《じゅうりん》した相手だ。再び侵攻《しんこう》してくると聞いて、きっと恐怖《きょうふ》しているだろうと思っていたが、そんなことはなかったらしい。

魔族のメンタルの強さに、驚くべきか感心するべきか……。

だが、今はそんなことを考えている場合ではない。

「怪我人《けが》などは大丈夫《だいじょうぶ》でしょうか？　あの、俺今から医務棟《とう》に行ってもいいですか？」

きっと怪我人がいればそこに集められているはずだ。

エルキディウスはそんな朝陽を見て驚いたように瞬き、苦笑《くしょう》を浮かべた。さきほどの残忍さはもうない。

「……まずは支度《したく》だ。服も着ないまま行く気か？」

エルキディウスの指摘《してき》に、朝陽はわずかに頰を染める。全裸《ぜんら》のまま眠っていたことに気がついたからだ。

「あの、サファリスさん、申し訳ないけど俺の服……」

「すぐにご用意いたします」

言葉通り、三十秒ほどでさっと服が差し入れられて、朝陽は感謝しつつそれらを身につけていく。

「とりあえず執務室《しつむ》に向かう。朝陽も一度そちらに来てくれ。他《ほか》は、そこで状況《じょうきょう》を確認《かくにん》してからだ」

「わかりました」

エルキディウスは一足先に寝室《しんしつ》を出て行く。

朝陽はできるだけ急いで支度を終えると、サファリスと一緒《いっしょ》にエルキディウスの執務室へと向かった。

二人が足を踏《ふ》み入れると、執務用の椅子《いす》に座ったエルキディウスと、その前に立っているマジェスがこちらを見る。どうやら報告に来ていたらしい。

朝陽は手招かれ、エルキディウスの前まで近付いた。サファリスは執務室内に用意のある茶器を使って、お茶の支度を始めている。

「安心しろ。たいした怪我人は出ていないらしい。――こちらにはな」

エルキディウスの言葉に、一瞬胸を撫《な》で下ろしかけた朝陽だったが、付け足された言葉に不《ふ》穏《おん》なものを感じて眉《まゆ》を顰《ひそ》める。

こちらにはたいした怪我人はいない。

それはつまり勇者側には、大怪我を負った者がいるということではないだろうか。

「さて、朝陽はどうしたい？」

「え？」

エルキディウスの言葉に、朝陽は首をかしげる。

「お前を手ひどく傷つけ、捨てていった者たちだ。奴《やつ》らの処遇《しょぐう》に関して希望はあるか？」

より具体的に訊《き》かれて、言葉に詰《つ》まる。

突然《とつぜん》そんなことを言われても、朝陽には何も思いつかない。もちろん、一度彼らに殺されかけた身だ。同情する気はなかった。

もう一度戦いを挑《いど》んできたのもあちらなのだし、捕《と》らえられたというならそれは自業自得《じごう》だろう。

けれど……。

「何もせずに放逐《ほうちく》してやる、ということはできないが、それ以外ならばできる限り朝陽のしたいようにしてやるぞ。嬲《なぶ》り殺しにしたいというならそうしてやるし、拷問《ごうもん》にかけたいというならどれだけ残虐《ざんぎゃく》なこともしてやろう」

そう提案されると、正直腰が引けた。

嬲り殺しだとか拷問だとか、そこまでのことは望んでいない。いや、そもそも自分の望みで誰《だれ》かを殺すなど考えるだけでも恐《おそ》ろしいと思う。

「なんだ、あれだけの目に遭《あ》わされておいて、復讐《ふくしゅう》の方法も考えていなかったのか？」

「そう言われても……」

あの瞬間は、確かに絶望した。

自分はなんのためにここまで来たのかと思ったし、もう何もかもいやになった。

だから、半ば破れかぶれになって、エルキディウスを助けてしまったのだ。

「……確かに酷《ひど》い目に遭ったけれど、そこまでのことは望んでいません」

朝陽の気持ちとして一番近いのは、どこか知らない遠いところでささやかな不幸にでも見舞《みま》われて欲しい、という感じだ。幸せに暮らして欲しい、と思えないあたり狭量《きょうりょう》かとも思うけれど、それが正直な気持ちだった。

けれど、何もせずに放逐はできない、とも言われてしまったし……。

「そもそも、エルを助けたことがすでに、復讐といえば復讐な気がするんですよね」

実際、そのせいでライハルトたちは再びここまでやってきて、囚《とら》われているのだから。

朝陽の言葉に、エルキディウスが苦笑いを浮《う》かべる。

「まったく、欲《よく》のないことだな」

「……しょうがないじゃないですか」

もしも、今自分が不幸だったなら、もっとひどい復讐を望んだのかも知れない。あのまま亡《な》くなっていたなら、枕元《まくらもと》に化けて出るくらいはしてやりたいと思ったかも知れない。

だが、実際のところは違う。

魔王《まおう》の眷属《けんぞく》としてではあるが、こうして無事に生きているし、周囲は皆やさしい。医療《いりょう》ではないけれど、魔族の治療や、研究の手伝いもさせてもらっている。

元の世界に帰りたいという気持ちが、なくなったわけではない。けれど、自分はもうここでの暮らしに馴染《なじ》み始めている。

「サファリスさんも、エルも、マジェスさんも他の魔族たちも……みんな俺によくしてくれるから、恨《うら》む気持ちもどこかに行ってしまうというか……」

困って俯《うつむ》く朝陽の耳に、エルキディウスのため息が届く。

さすがに無神経なことを言ってしまっただろうか。殺されかけたのはエルキディウスとて同じことなのだ。あまり甘いことばかり言うのはよくなかったかも知れない。そう思ったのだが……。

「サファリスが一番か？」

思わぬ言葉に朝陽はぱちりと瞬く。

まさか、そんなことを言われるとは思っていなかった。

だが、見ればエルキディウスは怒《おこ》っているわけではないようだ。拗《す》ねたような物言いだったけれど、唇《くちびる》には笑《え》みを刷《は》いていた。

「そんなの――――」

訂正《ていせい》しようとして口を開いたものの、すぐにこの場にサファリスとマジェスがいることを思

ぷっ
…
…

い出し、朝陽は口をつぐみ目を逸《そ》らす。

「なんだ?」

エルキディウスに促《うなが》され、ちらりと視線を向けると、エルキディウスは朝陽を見つめて随分《ずいぶん》と楽しそうな顔をしていた。これはもう、朝陽が何を言おうとしているか確信している顔だと、そう思うとますます恥《は》ずかしくなる。

反対に残りの二人は、自分たちは聞いていないとでもアピールするように、視線を外していた。

「……サファリスさんには、お世話になっていますからっ」

「それはもちろんそうだろうな」

で? というように首をかしげられて、朝陽は頬《ほお》が熱くなるのを感じながら、エルキディウスから視線を外し、小さな声で言った。

「————……エルが一番に決まってます」

「そうか」

ニヤニヤと笑われて、いたたまれなさにすぐさま逃《に》げ出したくなる。

おかしい。自分を裏切り、殺そうとした相手が捕《つか》まったという、シリアスな状況だったはずなのに……。

「と、とにかく、軽傷の方が来ているかも知れないので、俺は医務棟に行ってきますから!」

「仕方ない。許可しよう。……だがまぁ、時間はある。奴らの処分についてもしばらく考えてみろ。思いつかないというならば俺の考えたものにするだけだ」

そう言われて、朝陽は困惑《こんわく》しつつも小さく頷《うなず》いたのだった。

「復讐かぁ……」

困った。

夕食後、一人でベッドに転がったまま、朝陽はため息を零《こぼ》す。ライハルトたちが来たせいなのかは分からないが、エルキディウスは一日忙《いそが》しくしていて、夕食の席にも現れなかった。顔を合わせればライハルトたちの処遇について問われるかも知れないのを思えば、考える時間が延びたことはよかったけれど……。

逃がせない――つまり、遠いところに捨ててきて欲しいというのがだめだとなると、本当に思いつかない。

痛いのはやはりちょっと……と思うし、看護師を目指していた身である。肉体的に傷をつけたり、ましてや殺したりなどというのはどうしても抵抗《ていこう》がある。

エルキディウスがどうしてもそうしたいと言った場合、止められるかは分からないけれど、少なくとも自身の望みとしては持っていない。

むしろ……。

「怪我《けが》したのって誰なんだろう……」

魔族の側には大きな怪我をした者はいないという話だったし、実際あのあといつも通り医務棟《とう》に行ってみたのだが、入院している者はいなかった。

シュナイゼルも、医務棟での治療を必要とするほどの怪我人はいなかったと言っていたし……。

だが、こっそり訊いたところによると、勇者側にはやはり怪我人がいるようだ。

誰かまでは分からなかったけれど、大怪我をしているのは一人だと聞いた。シュナイゼルは実験材料として提供してもらえないかなぁなどと物騒《ぶっそう》なことを言っていて、思わずその話はそこまでにしてしまったのだが。

治療をしたとは言っていなかった。

もしかしたら、自分が迷っているうちにも死んでしまうかも知れない……。

そう考えた途端《とたん》、ぞくりと背筋が寒くなった。

憎《にく》い相手だ。

勝手に召喚《しょうかん》して、邪魔《じゃま》になれば殺して……。

だが、やはり死んでしまえとまでは……今はもう思えない。あの直後だったら、そう願ったかも知れないし、もし殺されかけたのが自分でなく大切な相手だったら、この手で殺したいとすら望んだかも知れないが。

それに、怪我をしたのはレストンかも知れない。唯一《ゆいいつ》、自分につらく当たらなかった相手だ。もしそうなら……助けなかったことを自分は後悔《こうかい》しないと言えるだろうか。

もちろん、彼らに近付くことは危険だ。殺したはずの朝陽が生きていると分かれば、もう一度殺そうとする可能性が高い。

だが、もしそうなら自分も非情な決断ができるかも知れない。

「地下牢《ちかろう》って言ってたっけ」

エルキディウスが戻《もど》ってくる様子はない。サファリスにももう、休んでいいと告げてある。

地下牢の場所はどこだろうか？　この建物にあるとは聞いていない。考えられるとしたら……。

「謁見《えっけん》の間のある建物……」

以前、砦的《とりで》な役割はすべてそこに固めてあると聞いた気がする。そして、地下……。

「……そういえばあったな」

ここにライハルトたちと足を踏《ふ》み入れたときだ。地下への階段を見た記憶《きおく》がある。あのときは結局向かわなかったのだけれど……可能性はある。

朝陽はベッドを降りると、そっと部屋を出た。

だが……。

「アサヒ様」

「わっ」

五歩も行かないうちに、声をかけられて、朝陽は飛び上がりそうになった。

「サファリスさん……」

声をかけてきたのはサファリスだった。サファリスは取り次ぎ用の控《ひか》えの間から続く部屋を私室にしているため、朝陽が部屋を出たことに気づいたのだろう。

「こんな時間にいかがなさいました？」

「え、えと……」

地下牢に行きたいのだと、素直《すなお》に言ってしまっていいのだろうか？

だが、嘘《うそ》をつくのはやはり気が引ける。おそらく、サファリスはだめとは言わないだろう。だめだと思っても、エルキディウスに相談するはずだ。独断で朝陽の頼《たの》みを断ったりはしない。

そして、その結果だめだというなら、自分はそれに従うべきだと思う。

「実は、ライ……勇者たちの様子が気になって……地下牢に見に行こうかなって思ったんです」

「そんな気はしていました。……どうぞ、ご案内いたします」

サファリスは驚《おどろ》くでも怒るでもなく、ただそう言って頷いた。むしろその反応に驚いたのは朝陽のほうだ。

「あの、いいんですか？」

思わずそう口にすると、サファリスは少し眉《まゆ》を下げて困ったように微笑《ほほえ》む。

「正直に申し上げれば、あのような者たちにアサヒ様を会わせたくはありません。ですが、勇者たちの処遇《しょぐう》については、アサヒ様に一任されておりますから。そのために必要なことならば、勇者たちとの面会に限らず叶《かな》えるようにと陛下から申し付かっております」

サファリスはそう言うと、先に立って歩き始める。

どうやら、朝陽が考えるようなことは、エルキディウスにはお見通しだったようだ。自分的には一大決心のような気持ちだったから、微妙《びみょう》に恥ずかしい。

小さくため息を吐《つ》きつつ、朝陽はサファリスの後ろをついて行く。

夜とはいえ昼間とそう変わった様子はない。もちろん、日の光が差していない分廊下《ろうか》は薄暗《うすぐら》い。だが、もともと一階は一部の日差しの苦手な魔族に配慮《はいりょ》して、直射日光の入らない設計だし、ランプの明かりがあるため歩くのに支障はない。

そうして、朝陽はいよいよ魔王城で暮らし始めて以降、行くことのなかった、謁見の間のある建物に足を踏み入れた。

「……皆《みな》さん謁見に来ているんでしょうか？」

謁見の間のある建物には、ここに来るまでに比べて随分と多く魔族の姿がある。

魔族は夜行性の者も多いらしく、謁見が夜に及《およ》んでいるのもそのせいだとエルキディウスが言っていたことを思い出す。

「ええ、そうですね。勇者たちが捕《と》らえられたこともあって、森にいた者たちも謁見を求めていますから、陛下も大変お忙しいようです」

「あ、そうですよね」

それで今日は特に忙しそうだったのか。

そんな話をしているうちに、地下への階段のあった場所へとたどり着いた。奥まった場所なせいか、謁見の間から離《はな》れているせいか、しんと静まりかえっている。

「……見張りとか、いるかと思っていましたけど」

「地下にはいるはずですから、ご安心ください」

なるほどと頷いてから、朝陽は少し考える。

「あの、俺一人で行ってはだめですか？」

「お一人で？　それは……」

さすがに言い淀《よど》んだサファリスに、朝陽は自分でも整理のついていない気持ちを吐露《とろ》する。

「自分でも決めかねているんです。彼らをどうすればいいのか……どうしたいのか。話を聞いたら、それが少しは分かる気がして……。ずっと騙《だま》されてきたから、訊《き》いたところで答えてもらえるか分からないですけど。でも、多分近くに魔族の方がいたら本心を聞くのはもっと難しくなると思うんです」

サファリスをじっと見つめて言いつのる朝陽に、サファリスは小さくため息を吐いた。

「――……分かりました。ただし、危険だと思ったらすぐに呼んでください。彼らからは見えずとも、少し大きな声を出せば聞こえるところには、控えさせていただきますので」

「はい」

さすがにそこまでは拒否《きょひ》できないだろうと、朝陽は頷《うなず》く。

「とりあえず下までご案内いたします。暗いのでお気をつけて」

サファリスの声に頷きつつ、階段を降り始めた。

石でできた階段は、縁《ふち》がすり減って丸くなっている。そこを朝陽はゆっくりと降りていく。

一応明かりはあるのだが、間隔《かんかく》が広いせいで確かに薄暗い。

踏み外さないようにと足下《あしもと》を見つめて、自分が室内履《ば》きを履いたままだったことに気がついた。どうやら、自分で思うよりずっと気が逸《はや》っていたらしい。

階段をすべて降りると、左手に向かい通路が延びているようだ。明かりのついていない通路は暗く、どれほどの長さがあるのかは分からない。方向的には城の外に向かう形だ。

右手側にはテーブルが置かれており、サファリスが言っていた通り、牢番をしていたらしい魔族が二人いた。黒い肌《はだ》に尖《とが》った耳をした男と、やや緑がかった肌の大きな角のある男だ。黒い肌をした男のほうは以前医務棟で治療《ちりよう》をしたことがある。確かマクシアといっただろうか。

彼も朝陽に気づいて黙礼《もくれい》してくれた。

「どうしたんですか、こんなところに」

「陛下が、勇者たちの処遇については聖女様に一任するとおっしゃってね。それを決定するためにも一度話をお聞きになりたいとのことだ」

驚いたように言うマクシアに、サファリスが説明をしてくれる。

「はぁ、なるほど」

「それで、奴《やつ》らの様子は？」

「入れられてしばらくは騒《さわ》いでいましたが、今は静かなものです」

角のあるほうの男が、そう言って手前の牢のほうを軽く指さす。どうやらライハルトたちはあの牢に入れられているらしい。

「聖女様はお一人で奴らと対面なさることをお望みだ。お前たちも一時この場を離れてくれ」

「えっ、ですが……」

「もちろん、何かあったときのために階段の上で待機する。——それでよろしいですか？」

サファリスは最後の言葉だけ、朝陽を見て言った。朝陽ははっきりと頷く。

「はい、もちろんです。……すみません、わがままを言って」

少し心配そうな目で見られたけれど、結局二人も納得《なっとく》したようにその場を離れ、サファリスと共に階段を上がっていった。

朝陽は何度か深呼吸して、それから牢番《ろうばん》のテーブルに残されたランプを持って牢へと向かう。

一番手前の牢を覗《のぞ》くと、そこには誰《だれ》かが横たわっていた。人影《ひとかげ》は一人分だ。どうやら牢には一人ずつ入れられているらしい。

顔は見えない。けれどその服装には見覚えがあった。正確にはローブに。パーティの中で長いローブを身につけているのは、朝陽の他《ほか》には遠距離《えんきょり》の神術を得意とするレストンだけだった。他の三人は、近距離戦のためにもっと短いマントを着けていたはずだ。

「――――レストン？」

「……うぅ」

返ってきたのは小さなうめき声だった。眠《ねむ》っているところを起こしてしまったのだろうかと思ってから、鼻先にふと生臭《なまぐさ》さを感じて朝陽は目を瞠《みは》る。

「怪我《けが》をしてるのか？」

「そ……まさか…そんなはず……」

かすれた囁《ささや》きは不明瞭《ふめいりょう》なものだったが、レストンの声に聞こえた。

ゆっくりと人影が起き上がり、しかしそのまま崩《くず》れ落ちる。

「レストン!?」

朝陽は慌《あわ》てて鉄格子《てつごうし》の隙間《すきま》から手を伸《の》ばした。床《ゆか》に半ば這《は》いつくばり、肩《かた》まで牢の中に入れてどうにかその体に触《ふ》れる。治癒魔法《ちゆまほう》は、傷に直接触れる必要はないが、体のどこかに触れなければ発動できないのである。

一体どれだけの怪我かは分からない。けれど、朝陽は放《ほう》っておけずに術を発動させてしまった。

ほのかな白い光が溢《あふ》れ、すぐに収束する。

「……痛くない」

ぽつりと呟《つぶや》きが落ちて、今度こそレストンは体を起こした。そして、驚愕《きょうがく》に見開かれた目で朝陽を見つめた。

「……アサヒ様……本当に……?」

そう囁いた声はひどく震《ふる》えている。幽霊《ゆうれい》でも見たかのような反応だったが、それはそうだろう。自分は彼らに殺されたのだから。

「生きて、いたんですか……」

おそるおそるといった問いかけに、朝陽はこくりと頷く。レストンは何を言っていいか分からないというように視線をさまよわせ、そのまま俯《うつむ》いてしまう。

「……もう痛いところはない?」

「――――……はい。……申し訳ありません……僕はあなたを守れなかったのに」

絞《しぼ》り出すような声に、朝陽はゆっくりと頭《かぶり》を振《ふ》ってから、これでは俯いたままのレストンには伝わらないかと口を開く。

「レストンが止めてくれたとしたら、きっとレストンも一緒《いっしょ》に切り捨てられていたと思うし……」

気にしないで、とまでは言えなかった。さすがに殺されかけたことを、簡単に水に流すことはできない。これは、治療をすることとはまた別の問題だ。できることならもう二度と会いたくなかったというのが本音だと、こうして再会してみて改めて思う。

もし、自分が本当に聖女だったならば、この出来事も許せたのだろうかなどと考えてみたけれど、少なくとも自分はその器《うつわ》ではないと感じただけだった。

「……魔王を倒《たお》しに来たのか？」

「え？　あ、ああ。正確には確認《かくにん》に来たんです。確かに魔王に聖剣《せいけん》を突《つ》き立てたはずなのに、状況《じょうきょう》に変化がなかったので……。しかしまさか魔王の下《もと》にたどり着くことすらできないなんて……」

口元を歪《ゆが》めてそう呟いたレストンの目は、ランプの明かりのせいだけでなく、暗く沈《しず》んで見えた。

「アサヒ様、教えてください。魔王はまだ生きているんですね？」

半ば確信を込めた問いだった。だが、それに答えていいものか、朝陽は一瞬《いっしゅん》答えに迷う。

「アサヒ？　アサヒがいるのか？」

沈黙《ちんもく》にかぶせるように別の声がして、朝陽ははっと声のほうへと顔を向ける。ライハルトの声だ。どうやら隣《となり》の牢に入っているらしい。

今まで反応がなかったことからすると、眠ってでもいたのだろうか。牢番たちもしばらくは騒いでいたが今は静かだと言っていたし……。

正直、ライハルトとは話ができる気がしない。当たり前だと思う。自分を殺そうとした男と、冷静に話ができるはずもない。

元々ここに来たのは、怪我人がいると聞いて、それがレストンだったら……と心配になったからだ。

サファリスは、彼らの処遇《しょぐう》を決めるのに必要ならと思ったようだけれど、それは朝陽にとっては後付けの理由にすぎなかった。

「……もう行くよ」

「待て！」

朝陽が声をかけたのはレストンだったけれど、引き留める声はライハルトのものだ。レストンはどうしていいのか迷うように視線を泳がせている。

朝陽はそれ以上何も言わず、立ち上がり踵《きびす》を返した。だが……。

「魔王を倒すことができれば、本当にお前を元の世界に帰すことができるんだぞ！」

その言葉に、思わず足が止まった。

もちろん、すぐにそんなのは嘘《うそ》だ、また自分を騙《だま》そうとしているのだ、と思う。

しかし、歩き出した足に絡《から》みつかせようとでもするかのように、ライハルトは話し続ける。

「魔王に聖剣を突き立てれば、魔王の持つ大量の魔力が剣を通じ、マナとしてクーデリアに還《かん》元《げん》されるんだ！　その大量のマナがあれば、お前を帰すための召喚陣《しょうかんじん》を開くことも可能になる！」

「なんだよ、それ……」

朝陽はライハルトの言葉に思わず足を止め、振り返った。

「そのために、エル——魔王を倒したのか？　マナを得るために？　民《たみ》を救うためだという話も嘘だったのか？」

驚愕のあまり声が震える。

「嘘ではない。大量のマナを得ることができれば国は豊かになる。それが民のためにもなるだろう」

その物言いが傲慢《ごうまん》なもののように聞こえるのは、自分が持つライハルトのイメージによる偏《へん》見《けん》だろうか。

だが、マナで国が豊かになると言われてピンとこないのも事実だ。マナは魔法の源。朝陽が知るのはそれだけである。それが国の豊かさにつながるというのはどういうことだろう？　魔王城までの旅で朝陽が知ったのは、王都に住む貴族以外のほとんどは魔法の恩恵《おんけい》にあずかっていないということだ。

マナが行き渡《わた》れば、民でも魔法が使えるということではないというのも、朝陽はすでに知っている。

だが、その方法はともかく、魔族に虐《しいた》げられる民衆を救う、という最初に聞いた話とは別物であることは間違《まちが》いない。

大量のマナがあれば、朝陽を帰すことができるというのは、嘘ではないかも知れないけれど……。

「――……あなたの言うことなど信じられるはずがない」

それだけを言って、朝陽は牢の前を離《はな》れた。

ライハルトはまだ何か言っていたけれど、それを聞く必要があるとはもう思えなかった。

朝陽は無言のまま階段を上《のぼ》る。上り切った先の廊下《ろうか》で、サファリスが牢番の二人と一緒に心配そうに朝陽を迎《むか》えてくれた。

「終わりましたか？」

「はい。ありがとうございました。お二人も、お仕事の邪魔《じゃま》をしてしまってすみません」

「いいえ、そんな、お気になさらないでください」

「では、我々はこれで」

二人はそう言うと頭を下げて、階段を下っていく。

「お部屋に戻《もど》られますか？」

サファリスの言葉に頷《うなず》いて、その場を離れる。サファリスは何か訊《き》きたそうな顔をしていたけれど、結局何も言わずに朝陽を部屋まで送り届けてくれた。

一人きりの部屋の中で、朝陽はさきほどのライハルトの言葉を思い出す。

——その大量のマナがあれば、お前を帰すための召喚陣を開くことも可能になる！

ライハルトには信じないと言ったけれど、信憑性《しんぴょうせい》がないわけではない。

だがそれは、可能か不可能かという話である。

召喚術には大量のマナがいるという話だった。帰すことはできるが、できるからこそ、その大量のマナを惜《お》しんで朝陽を殺そうとした、と考えることは可能だ。

そうである以上、ここでエルキディウスを倒す手伝いをしたところで、再び同じことが起こるだけではないだろうか？　彼らに協力する意味があるとは思えない。

だが、それ以前に……。

「できるわけないよな」

元の世界に戻るためにエルキディウスを倒すなんて、自分には絶対に無理だった。

ライハルトたちは自分をこの世界に喚《よ》びだしたあげく殺そうとした人間で、エルキディウスは方法と最初の動機はどうあれ自分の命を助け、今も生活の面倒《めんどう》を見てくれている恩人である。

サファリスが、他《ほか》の魔族が、どれだけエルキディウスを愛しているかも、もう知っている。

そんな相手を裏切ることなどできるはずがない。

いくら、元の世界に帰れるとしても……。

そう考えてからふと、朝陽は自分が思っていた以上に、元の世界に帰ることに固執《こしつ》していないことに気がついた。

いつの間にそうなったのだろう？

最初は、見知らぬ世界で魔王を倒すなどという旅に付き合ってでも、帰りたいと望んでいたのに……。

自分のことを案じて牢までついてきてくれたサファリスや、ライハルトたちと面会したことを心配してくれた牢番たちを思う。

それだけではない、日々医務棟《とう》で研究や治療《ちりょう》をしながら手伝いたいという朝陽に感謝してくれるシュナイゼルや、たまに訪《おとず》れる庭園を管理しているティラーなども朝陽にやさしくしてくれる。

そして、朝陽にそんな生活を与《あた》えてくれているのは、エルキディウスなのだ。

今日の件だって、朝陽がライハルトたちに会いに行くであろうことをエルキディウスは予想していたという。

その上で便宜《べんぎ》を図《はか》ってくれていた。

それに、あの日、花畑で背後から抱《だ》きしめてくれた温かい腕《うで》。いつまでも自分を罰《ばっ》するのはやめろ、と言ってくれたやさしい声……。

自分が、元の世界に固執しなくなったのは、周囲の魔族や、何よりエルキディウスのおかげであることは、間違いない。

やはり、エルキディウスを倒《たお》すことに協力はできないし、する必要もない。

そう納得《なっとく》したら、少しだけ気分がすっきりした。

残る問題は、ライハルトたちの処遇をどうするかだが……。

マナがあれば、民の助けになるという言葉の真意も気になる。

どうすることがもっともいいのだろう？　エルキディウスの考えはどういうものだろう？

そんなことを思いながら、朝陽はベッドに潜《もぐ》り、いつの間にか眠《ねむ》りについていた……。

「それでどうだ？　何か考えついたか？」

翌日、昼食の席でエルキディウスにそう問われて、朝陽のカトラリーを握《にぎ》る手が止まった。

朝はエルキディウスが珍《めずら》しく長く寝《ね》ていたため、一緒《いっしょ》に食事を摂《と》ることができなかったのである。起き出したあとはそのまま出て行ってしまったし、しっかりと顔を合わせたのは今が初めてだ。

その分じっくりと考える時間はあった。……あったはずだが、時間があれば妙案《みょうあん》が思いつくというものではない。

「実は、一つ気になってて……。関係あるかは分かんないですけど」

「なんだ？　言ってみろ」

エルキディウスに促《うなが》されて、朝陽はポツポツと昨夜のことを話し始める。

「大量のマナを得れば国は豊かになる、か……」

そう呟《つぶや》くとエルキディウスは少し考えるように沈黙《ちんもく》し、再び口を開いた。

「考えられることは多いが、人間がよくやっていることといえば戦争だろうな」

「……は？」

戦争？

驚《おどろ》いて、朝陽は言葉を失った。

「……魔族《まぞく》と全面的に戦うということですか？」

「いや、そうではない。人間同士、国同士の戦いだ。マナが多くなるということは、魔法が比《ひ》較的《かくてき》自由に使えるようになるということだ。人間の使う魔法はいつの間にかほとんどが攻撃《こうげき》魔法になってしまったからな。それを使って他国に攻め入《せ》るというのが、一番考えられることだ」

「でも、戦争なんて……」

いや、もちろん朝陽だって、戦争による特需《とくじゅ》というものを歴史で学んでいないわけではない。戦勝国となるならば、経済的に豊かにもなるのかも知れない。

けれど……失われた命が戻るわけではない。本当にそれを民衆が望むほど、あの国は貧困にあえいでいるのだろうか。確かに貧しそうな村もあったが、王都は栄え、王宮は美しく、勇者を送り出すパレードは華々《はなばな》しいものだった。

マナが満ち、魔法がもっと使えるようになったとしても、使えるのは貴族ばかりだ。その後本当に、地方に富が分散されるのだろうか。貴族たちがさらに富むだけのように思えてしまうのは、偏見《へんけん》なのだろうか……。

「お前がここに来て以来、人間たちのことについて——特に、クーデリア王国について詳《くわ》しく調べ直させたのだが、そもそもあの国は、神術大国として名を馳《は》せているらしい。我らの領土と隣接《りんせつ》し、昔は人や魔族の行き来も多かったのだから当然だな」

神術、詰《つ》まるところ魔法だが、それを使えるのが魔族の血を引いた者だけである以上、関係性が密であったクーデリアに使い手が多いのは当然の帰結だろう。

「そして、他の国は我らからの侵略《しんりゃく》をクーデリアが抑えていると信じて、不可侵《ふかしん》を貫《つらぬ》いているという」

「……それなのに、マナを求め、戦争を仕掛《しか》けようとしているんですか？」

「戦争については、そういった考えもあるというだけだ。単に魔法を使える者が減り、魔法の威力《いりょく》自体も低迷してきたことを解決しようとしているのかも知れん。神術大国の名を高め、国交を有利に行おうとしているのかもな。だが、神術の強さが健在である、ということを誇示《こじ》するためにも、戦争は使えるだろうな」

確かにその線もありそうだ。

「でもどちらにせよ、本当にそんなことのためにエルを倒そうとしたのだとしたら……」

許せない、というのが正直な気持ちだった。

実際にそうしなければ民《たみ》が飢《う》えるのかも知れない。それは朝陽には分からないことなのだから、政治的には正しいという見方だってあるのだろう。ただ、そのためにエルキディウスだけでなく、他の国の人間が犠牲《ぎせい》になるというのは、受け入れがたい事実だった。

自分がそれに加担したのだということも……。

朝陽は自らの罪に足を搦《から》め捕《と》られ、暗い沼《ぬま》に沈《しず》んでいくような気持ちになった。けれど……。

――誰《だれ》がお前を許さなくても、俺が許している。

エルキディウスの言葉を思い出し、自らの罪を憂《うれ》い、落ち込んでいる時期はもう過ぎたのだとすぐに思い直す。

「やはり殺すか？」

エルキディウスの言葉に、朝陽は頭《かぶり》を振《ふ》る。殺すという選択肢《せんたくし》が自分の中にないというだけではない。

「分からないけど、これはライハルトたち……勇者たちを殺せばすむという問題じゃない気がするんです」

「まぁそうだな」

朝陽の言葉に、エルキディウスは少し残念そうに頷《うなず》く。

「少し考えはあるが……」

エルキディウスがそう言って、沈黙したときだった。

「陛下、お食事中に失礼いたします」

「……どうした？」

珍しく話しかけてきたサファリスに、エルキディウスはわずかに眉《まゆ》を顰《ひそ》める。

不快に思っているというよりも、サファリスの珍しい行動を案じているようだ。

「ガルムンドがアサヒ様に面会を申し入れています」

突然《とつぜん》自分の名前が出てきたことに、朝陽は驚いて目を瞠《みは》った。だが、ガルムンドという名前に聞き覚えはない。

「ガルムンドが朝陽に？　俺ではなくか？」

「はい。お伝えする必要もないかとは思ったのですが……随分《ずいぶん》と感情的になっていたので万が一のことがあればと思いまして……」

「あ、あの、口を挟《はさ》んですみません。ガルムンドさんというのは？」

結局我慢《がまん》できずに、朝陽はそう質問を口にした。

「ガルムンドはメリダの父親だ」

「メリダさんの？」

朝陽の脳裏《のうり》に、一人の女性の姿が浮《う》かぶ。

「ガルムンド自身は悪い男ではないが、娘《むすめ》を溺愛《できあい》しているからな。メリダのことで俺に用があるというなら分かるが、朝陽にというのは……。サファリス」

「はい」

「まずは俺が話を聞く。謁見《えっけん》の間で待つように伝えろ」

「かしこまりました」

「え、あ、あの……」

自分に会いたいという話ではなかったのかと、朝陽は慌《あわ》てて声を上げたが、エルキディウスがサファリスに行くように伝えると、サファリスは一礼して出て行ってしまった。

「俺に面会って話だったんじゃ？」

困惑《こんわく》しつつそう口にする。

「まずは、と言っただろう。話を聞いて、それが必要だと思えば許可する」

まぁそういうことならば、と朝陽は頷いた。少し過保護だとは思うけれど、メリダの様子からして、その父親が朝陽に何を言うか心配してくれているのだろう。

「話の続きはあとだ。最後まで付き合えなくてすまないな。とりあえず行ってくる」

気づくとエルキディウスの皿はすっかり空になっていた。

戻ってきたサファリスと入れ違いに部屋を出て行くエルキディウスを見送って、朝陽は食事を再開する。けれど、五分もしないうちに朝陽の食事は再び中断されることとなった。

なんとなく、外が騒《さわ》がしい。

サファリスもそう感じたのだろう。

「少し、様子を見て参ります」

そう言うと、再び部屋を出て行った……のだが。

サファリスが出て行ってすぐ、突然ドアが大きく開かれて、朝陽は目を瞠った。

入ってきたのは、見たこともない男たちとそして――。

「メリダさん……」

「人間風情《ふぜい》が、勝手に私の名前を呼ばないでくれる？」

とげとげしい言葉だったが、それよりも彼女がどうしてここにいるかのほうが気にかかる。

確か、彼女は登城を禁止されていたはずだ。

「さっさとその男を捕《と》らえて」

「えっ、あ、あの、何を……」

驚《おどろ》いている間に、男たちがこちらに向かってやってくる。人数は二人だが、当然朝陽が敵《かな》うような相手には見えない。身長は二メートル近くあるだろうか。エルキディウスよりもさらに大きい。

案の定、朝陽はたいした抵抗《ていこう》もできずに、腕《うで》を掴《つか》まれた。というか、ここに来て以来ずっと平和だったし、メリダ以外の魔族は皆《みな》友好的すぎるほど友好的だったので、頭が危機を察知できなかったのである。

「どうしてこんなことをするんですか？」

「とぼけても無駄《むだ》よ。お前が昨夜、こっそりと人間の男を治療《ちりよう》していたことは分かっているの。それは、紛《まぎ》れもなく陛下に対する反逆だわ。それとも、そんなことはしていないとでも言うの？　お前がわざわざ、牢番《ろうばん》も、サファリスすら遠ざけて行ったと聞いたのだけど？」

「そ、それは……」

確かにした。その点について否定できる点はない。しかも、それが裏切りであるという事実に今気づいた。

サファリスが――ひいては、エルキディウスが許可したのは、ライハルトたちとの面会であり、治療ではないのだから。

けれど、今気づいたなどと言えばメリダは激高しそうな気がする。エルキディウスの庇護《ひご》を笠《かさ》に着て甘えているとでも言われそうだ。思わず口ごもった朝陽を、メリダは汚《きたな》らしいものを見るような目で睨《にら》みつけてきた。

「よくあんなことをしておきながら、のうのうとしていられたものだわ。これだから人間なんてろくでもないというのよ。陛下もこのことを知ればお気づきになるはず……」

「一体何に気づくというんだ？」

かけられた声に、メリダが弾《はじ》かれたように振り返った。

「――陛下」

「これは何事だ？　お前には登城を禁じたはずだが」

視線を向けられた本人ではない朝陽の背筋すら凍《こお》り付きそうなほど恐《おそ》ろしい声に、メリダの白い顔が青ざめる。

「申し訳ございません！」

メリダはその場で膝《ひざ》を突《つ》き、深く頭《こうべ》を垂れた。

「ですが、この者の裏切りを知り、陛下にどうしてもお伝えせねばならないと思ったのです」

「裏切り？　まさかと思うが、俺の眷属《けんぞく》である朝陽のことを言っているのか？」

言葉と共にエルキディウスがこちらを見ると、朝陽を捕《つか》まえていた男たちは弾かれたように手を離《はな》し、メリダと同じように平伏《へいふく》する。

一瞬《いっしゅん》だけ、メリダが憎々《にくにく》しげな視線を男たちに向けた。だが、男たちに何かを言う余裕《よゆう》もないのだろう。すぐにエルキディウスの言葉に答える。

「そ、そうです。その者はあろうことか、勇者どもに通じ、奴《やつ》らの傷を治したのです」

メリダの言葉に、エルキディウスは呆《あき》れたようなため息を零《こぼ》した。

「それのどこが裏切りだというんだ？」

「陛下……？」

エルキディウスの言葉に、メリダが愕然《がくぜん》としたように目を見開く。

「勇者どもをどうするかは朝陽の好きにさせてやると、俺が言ったのだ。朝陽がやつらを治療したとしても、それは俺を裏切ったことにはならない」

その言葉に、朝陽はほっと胸を撫《な》で下ろした。エルキディウスを裏切るつもりなどなかったけれど、メリダに言われて、確かに責められても仕方のないことだと思っていたのだ。

けれど……。

「そんな……ですが！　陛下を殺す算段までしていたのです！」

「俺を殺す算段？」

「ええ、そうです！　陛下を殺し、その力で元の世界に帰る取り引きをしていたのです！」

「ち、違《ちが》います！」

メリダの言葉に、朝陽はようやく口を挟んだ。

「どういうことだ？　話してみろ」

「陛下！　そのような者の言葉に耳を貸す必要など――」

「黙《だま》れ。俺は朝陽に訊《き》いている」

エルキディウスがそう言うと、メリダは射殺しそうな目で朝陽を睨んでいたが、さすがにそれ以上エルキディウスの言葉に逆らうことはできなかったのだろう。口はつぐんだままだった。

「勇者が、俺を元の世界に帰すためには、エルを殺す必要があるという内容の話をしたことは事実です。正確には、エルを倒《たお》すことができれば、元の世界に帰すための召喚陣《しょうかんじん》を開くことも可能になるとか……。エルの魔力《まりょく》は、聖剣《せいけん》を通してクーデリアにマナとして送られることになるはずだったらしいです」

「なるほどな……。それで、お前はどうするつもりだったんだ？」

「俺にエルを殺すことなんて、できるはずがないでしょう」

朝陽があっさりとそう言えたのは、エルキディウスがやさしい目で自分を見つめていてくれたからだ。

――誰《だれ》がお前を許さなくても、俺が許している。

あの日から何度も思い出した声を、朝陽はまた思い出していた。それが深い信頼《しんらい》の表れなのだということを、朝陽はその目を見てはっきりと自覚する。

「それに……俺はここでもう夢を叶《かな》えていると、言ってくれたのはエルです。元の世界に帰る必要は、もうないですから」

昨夜散々悩《なや》んで出た答えを口にすると、エルキディウスは満足気に笑った。

けれど……。

「そんなの嘘《うそ》に決まっていますわ！　陛下、騙《だま》されないでください！」

「うるさい」

大きな声ではなかったけれど、その言葉にメリダはびくりと肩《かた》を震《ふる》わせて口をつぐむ。

「お前の人間嫌《ぎら》いにも困ったものだな……。ガルムンド、入ってこい」

エルキディウスが声をかけると、ドアから一人の男が入ってきた。体の大きな男で、年の頃《ころ》は三十歳前後にしか見えない。人間ならば兄弟と言ったほうがしっくりくるが、魔族である以上、外見から実年齢《じつねんれい》は推《お》し測れない。

大きな角はメリダのものと似ていたが、そのほかの造形にはまったく似たところがなかった。おそらく、メリダは母親似なのだろう。

「お前の責任でこいつら全員、地下牢に連れて行け。沙汰《さた》はすぐ下す」

「……はい。申し訳ございません」

「お父様!?」

「来るんだ。……お前たちも」

メリダは半ば悲鳴のような声を上げたが、そのままガルムンドに引き摺《ず》られるようにして部屋から連れ出されていき、朝陽の腕を掴んだ男たちは、素直《すなお》にそれについて行った。

「すまなかったな。まさかメリダがここまでするとは思っていなかった」

「いえ……気にしないでください。エルのせいじゃないんですから」

しかし、ガルムンドの悲愴《ひそう》な表情が気にかかる。

「あの、結局ガルムンドさんの用件はなんだったんでしょうか」

「メリダの件に関しての謝罪だった」

「それは……なんというか……」

気の毒な話だと思う。おそらく、彼女の登城禁止を解いて欲しかったのだろう。

「だが、今はその話をしている場合ではない。勇者どもが脱走《だっそう》した」

「え!?」

考えてもみなかった話に、朝陽は目を瞠《みは》った。

「脱走って、牢番の人たちは大丈夫《だいじょうぶ》なんですか？　どうしよう、俺が昨日傷を治したりなんかしたから……」

「落ち着け。元々その知らせを受けて戻《もど》ってきたんだが……おかげでメリダの暴挙にも早々に気づけたわけだが」

先ほど廊下《ろうか》の側が騒《さわ》がしかったのは、そのせいだったのだろうか。そう思ってからはっと気づく。

「サファリスさんは⁉　エル、サファリスさんを知りませんか⁉」

「サファリスなら俺に知らせに来たあと、執務《しつむ》室のマジェスの下《もと》に行った。今頃は城内の捜索《そうさく》をするよう指示を出しているだろう」

「そうですか……よかった」

何か危険な目に遭《あ》って戻れない訳ではなかったらしい。

「むしろ危険なのはお前だ。あいつらはまず聖剣と聖女を揃《そろ》えようとしているはずだからな」

確かに、言われてみればそうだ。それがなければ、エルキディウスを倒すことなどできないだろうし、よしんばないまま倒せたとしても、マナを得るという目的は果たせない。

「でも、そんなこと現実的じゃないような……」

「普通《ふつう》に考えればそうだろう。だが、不思議なことに、勇者たちだけでなく聖剣もまた、行方《ゆくえ》が分からなくなっている」

「それって……勇者たちに持ち出されたってことですか？」

「その可能性が高いな」

「大変じゃないですか！」

聖剣をライハルトが手にしたということは、エルキディウスの身も危ないのではないだろうか。

「そうでもないだろう。お前が無事ならばなんとでもなる」

焦《あせ》る朝陽とは反対に、エルキディウスのほうは随分と落ち着いた様子だ。

「でも、俺の居場所は分からないんじゃ……」

「だが、聖剣の場所は分かった。何か理由があるはずだ。勇者が聖剣や聖女といった存在を感知できる可能性もある」

「存在を感知……」

そんなことが可能だろうかと思った朝陽は、ふとある言葉を思い出した。

「――――……聖剣は聖女と結びついたとき、初めて力を発揮すると聞きました。自分が聖剣と結びついている気はまったくしないんですけど、でももしかしたら……」

「祈《いの》りによって覚醒《かくせい》させるだけでなく、結びつくというならば……聖剣を手にした勇者には、お前の居場所が分かるのかも知れんな」

「どうやらそのようです」

「サファリスさん！」

部屋に入ってきた人物を見て、朝陽は表情を緩《ゆる》める。危険なことに巻き込まれたのではないと聞いてはいたが、そもそも城内が危険な状況《じょうきょう》なのだから顔を見られて安堵《あんど》した。

サファリスは朝陽を見て安心させるように微笑《ほほえ》んだあと、エルキディウスに向かって口を開く。

「勇者の一団は聖剣を手にこちらに向かっています。現在は城内にいた者たちが足止めを」

「そんな、大丈夫なんですか？　怪我《けが》人がまた……」

「アサヒ様はそうおっしゃるとは思ったのですが、皆《みな》陛下とアサヒ様をお守りするのだと意欲《いよく》に満ちておりまして……陛下の方針を確認《かくにん》に参りました」

朝陽はその言葉にエルキディウスを見上げた。

魔族に傷ついて欲しくないのと同じように……いや、正直に言うならばそれ以上にエルキディウスに危険な目に遭って欲しくない。

だが……。

エルキディウスが答えるより早く、扉《とびら》が壊《こわ》れそうなほどの勢いを持って開かれた。

朝陽はびくりと体を震わせて、扉のほうへと視線を向ける。ほぼ同時にエルキディウスが朝陽の腕《うで》を引き、背後にかばってくれた。

「魔王《まおう》！　今度こそ決着をつけさせてもらうぞ！」

そう叫《さけ》んだのは、聖剣を持ったライハルトだ。この剣が、エルキディウスの体に突《つ》き立てられたあのときのことがまざまざと脳裏《のうり》に浮《う》かび、朝陽はざっと血の気が引くのを感じた。

ライハルトがエルキディウスの後ろに立つ朝陽を一瞥《いちべつ》する。

「アサヒ、こちらへ来い！　我々に協力するんだ」

当然のことのようにそう言ったライハルトに、朝陽は思わず耳を疑った。

――ライハルトたちに協力しろと言ったのか？

どうしてそれが叶うと思うのだろう？　朝陽に斬《き》りつけたのが自分だということを忘却《ぼうきゃく》したのかと思うほどの図々《ずうずう》しさだ。

「何をしている？　人々のために共に魔王を打ち倒すぞ！」

まるで自身を英雄《えいゆう》かなにかだと勘違《かんちが》いしているような言葉に、朝陽は嫌悪感《けんおかん》だけを募《つの》らせた。

朝陽は、自分をかばうように立っているエルキディウスの陰《かげ》から出る。エルキディウスが案じるような視線を送ってきたが、大丈夫だと答える代わりに頷《うなず》いた。

そして、まっすぐにライハルトを見つめる。

「あなたと俺が手を取り合うことなど、未来永劫《みらいえいごう》あり得ません」

「な、何を……」

「自分が殺したはずの相手によくそんなことが言えるな。厚顔無恥《こうがんむち》にもほどがある。俺は絶対に力を貸したりはしない」

朝陽がそうはっきりと言い切ったときだった。

突然《とつぜん》、ライハルトが構えていた聖剣《せいけん》から輝《かがや》きが失われる。もちろんそれまでも、ぴかぴかと光を放っていたわけではないのだが、打ち上がったばかりの濡《ぬ》れたようだった刀身には薄《うす》く錆《さび》が浮き、まるで骨董《こっとう》品のような古びた剣に変わっていた。

「聖剣が……！」

「な、何が起こった⁉」

ライハルトたちが、聖剣の変化に驚《おどろ》いたように目を瞠る。

朝陽もまた、同じように驚いていた。聖剣はまるであの日、朝陽が祈りを捧《ささ》げる前と同じ状態に戻ったかのようだ。

まさか、これは自分の言葉のせいなのだろうか？

「聖剣は聖女の祈りなしには機能しないと知らないのか？」

朝陽の思考を肯定《こうてい》するように、エルキディウスが言う。そのばかにしたような声に、ライハルトたちの目が一斉《いっせい》に朝陽に向いた。

「アサヒ！　今すぐに聖剣に祈りを捧げろ！」

「……たった今言ったばかりです。あなたに協力など絶対にしません。あなたたちに魔王を討《う》

たせたりしない」

「聖女の身でありながら人間を裏切るのですか!?」

そう言ったのは、レストンだった。驚愕《きょうがく》に見開かれた目が朝陽を見つめている。

「これを裏切りだと言うなら、それでかまわない」

朝陽の言葉にレストンは、見開いていた目を徐々《じょじょ》に嫌悪《けんお》の色に染めていった。

「裏切り者め……!」

レストンにそう罵《ののし》られ、朝陽は少しだけむなしさのようなものを感じ、諦念《ていねん》を覚える。

あれだけのことをされても、聖女ならば許すべきだと思っていたのだろうか。

そうだとしたら、聖女とは随分《ずいぶん》都合のいい存在だと思う。

「勝手なことを言うものだ。先にこいつを裏切ったのは、お前たち人間のほうだろう」

朝陽の気持ちを代弁するように、エルキディウスが言った。

「だが聖女ならば慈悲《じひ》を以《もっ》て――」

「もういい、黙《だま》れ」

言葉と同時に、エルキディウスのかざした手から、黒い稲妻《いなずま》のようなものが迸《ほとばし》り、ライハルトたちを襲《おそ》った。

途端《とたん》にライハルトたちは全員が、声もなくその場に崩《くず》れ落ちる。朝陽は一瞬《いっしゅん》何が起こったのか分からなかった。

正直、それほど強い魔法には見えなかったからだ。実際室内はどこも荒《あ》れていない。だが、びくびくと体が震《ふる》えているところを見ると、電撃《でんげき》のようなものだろうか。

ライハルトだけが顔を上げ、聖剣に手を伸《の》ばそうとしていた。だが、その手を再び黒い雷《かみなり》が撃《う》つ。

「やはりこいつらには更《さら》に厳しい処分が必要なようだ。サファリス、その辺にいるやつらを使って、地下牢《ちかろう》へ戻《もど》しておけ。縛《しば》り上げ声も出せぬようにしろ」

「かしこまりました」

サファリスはそう言うと、すぐに魔族たちと共にライハルトたちを運び出していった。

ようやく静けさを取り戻した部屋で、エルキディウスにそう問われて、朝陽は首をかしげる。

「大丈夫《だいじょうぶ》か？」

朝陽が怪我などをしていないことは、分かっていると思うが……。そう考えてから、レストンに罵倒《ばとう》されたことを言っているのだと気がついた。

途端に胸の奥が温かくなって、朝陽は自然と微笑みを零《こぼ》す。

「はい、大丈夫です」

レストンの言葉にむなしさを感じたのは事実だ。けれど、悲しくはなかった。それは、今の自分にはエルキディウスや、サファリスがいるからだろう。

「……元の世界のことは、本当にいいのか？」

珍《めずら》しく、ほんの少しではあるがためらうように口にしたエルキディウスに、朝陽はぱちりと瞬《また》く。

どうしてか、そんな質問をするエルキディウスがかわいらしく見えてしまって、内心戸惑《とまど》った。妙《みょう》に胸の奥がそわそわして、くすぐったいような……。

けれど、嫌《いや》な気分ではない。むしろうれしくなるような、楽しいような気分で朝陽はもう一度頷いた。

「そもそも、俺はエルキディウスの眷属《けんぞく》なんでしょう？」

「……ああ、そうだ。眷属である以上、お前は俺のそばにいるのが当然だったな」

言いながら腰《こし》を抱《だ》き寄せられて、ドキリとする。けれど、魔力は一昨日《おととい》もらったばかりだ。

魔力が足りなくなっているということはないはずなのだが……。

欲しいと思ってしまった自分が恥《は》ずかしくて、朝陽はごまかすように俯《うつむ》く。

「あ、あの……これからも部下として、ちゃんとそばにいさせてください……っ」

「――――部下？」

いぶかしげな声が頭上から降ってきて、朝陽はちらりと視線だけを上げる。

「眷属って、従者とか、そういう意味ですよね？　その、だから、部下かなぁって……？　あっ」

違《ちが》うのだろうかと小さく首をかしげた途端、抱《だ》き上げられて朝陽は目を瞠《みは》った。

そのままベッドまで運ばれて、やや乱暴に下ろされる。

「え、エル？　なに、どうしたんですか？」

驚いていると、エルキディウスは馬乗りに朝陽に覆《おお》い被《かぶ》さってくる。天蓋《てんがい》のカーテンは開いたままで、エルキディウスの表情はよく見えた。

怒《おこ》っている？

「お前、今まで眷属をそういう意味だと思っていたのか？」

「え？　あの……違うんですか？」

「俺が従者にする者を抱くような男だと思っていたと」

「あ、いや、だって、それは魔力を注ぐためなので……」

確実に怒っている。

だが、その怒《いか》りの理由が朝陽には分からない。ただ、眷属というのが自分の思っていたものとは違ったようだということだけがぼんやりと理解できるだけで……。

「エル、あの、怒っているのも、俺が怒らせたのだということも分かります。でも、俺が魔族の言う『眷属』の意味を知らなかったからといって、それを責められるのはおかしいと思います」

「……それは……確かにそうだな」

朝陽が思いきって言い返すと、エルキディウスは一瞬言葉に詰《つ》まり、渋々《しぶしぶ》とその主張を認めた。

そして、大きなため息を吐《つ》くと、まっすぐに朝陽の目を見つめて口を開く。

「魔王《まおう》の眷属になるというのは、つまり、人間でいえば妻になるということだ」

「――……え？」

妻？　妻と言ったのか？

「魔力を与《あた》えることによって、魔王は種族も性別も関係なくその者を眷属として迎《むか》えることが可能だ。それ故《ゆえ》に、妻ではなく眷属と呼称《こしょう》される」

「あ？　え？　待って、ください、じゃあの、俺はその、え？　知らない間に、エルと結婚《けっこん》してたってことですか？」

混乱の極《きわ》みである。まさか、そんな意味があるなんて普通《ふつう》は思わないだろう。

「嫌なのか？」

だが、そう訊《き》かれると……。

「……嫌では、ないみたい、です」

自分でも不思議なほど抵抗《ていこう》がなかった。まぁ、やることはやっているのだし、そもそもとっくに終わったことでもあるというのもあるけれど、それ以上になんというか……。

じわじわと頬《ほお》が熱を持ち始めるのを感じて、朝陽は視線を逸《そ》らした。

「むしろその、エルは嫌じゃなかったんですか？　俺を眷属にするなんて……」

「……あのとき、気に入ったと言わなかったか？」

あのとき？　と朝陽は首をかしげた。けれど、それが眷属にされた翌日の出来事だと思い出す。

「正直に言えば、眷属にしてまでお前を生かそうと思った自分に戸惑ってはいた。だが、お前の答えを聞いて、お前ならこのまま眷属にしてもいい気がした。こちらからはいつでも破棄《はき》できると……」

エルキディウスはそう言うと、少し困ったような笑《え》みを浮《う》かべる。

「今はあのときの自分の判断は正しかったと思う。お前を眷属にしてよかったと、心から思っている」

言いながらそっと頰を撫《な》でられて、朝陽はなんだか泣きそうになった。

──そうか。そうなんだ……。

「俺も、エルの眷属になれてよかったって、思っています」

元の世界に戻ることに固執《こしつ》しなかった理由。

その理由の一番大きなものは、自分がエルキディウスのことを好きになってしまっていたからだったのだと……ようやく気がついた。

「エルが、好きだから」

る。


朝陽の言葉に、エルキディウスは目を瞠り、蕩《とろ》けるように笑った。

「お前を愛している」

そう言われ、ゆっくりと口づけられて、朝陽は胸の奥がぎゅっと甘く捩《よじ》れるような心地《ここち》にな

「もし今後帰りたいと言い出しても絶対に手放さない」

「……はい。手放さないでください……ずっと」

もう一度唇《くちびる》が重なって、そのままキスは深くなった。

「ん……っ、ま、待って……カーテンを……」

室内は昼の日の光で明るい。当然天蓋のカーテンが開いていては、ベッドの上もいつもより
ずっと明るくて、いつもならば見えないような場所まで鮮明《せんめい》に見えてしまう。

「たまにはいいだろう？」

恥ずかしがる朝陽にかまわず、エルキディウスはキスを繰《く》り返しながら、朝陽の服を一枚ず
つ脱《ぬ》がしていった。

「あっ、ん……っ」

エルキディウスの指が、胸元《むなもと》に触《ふ》れる。

服を脱がされる間に何度か肌《はだ》を滑《すべ》った手のひらのせいで、そこはすでに尖《とが》り始めていた。

「昼の光の下で見ると、不思議といつもよりかわいらしい色に見えるな」

「あ……っ」

からかうような声と同時に、摘《つま》まれてびくりと体が揺《ゆ》れる。

指の腹で紙縒《こよ》りを作るように刺激《しげき》されて、無意識に膝《ひざ》を擦《こす》り合わせる。どうしてだろう？

いつもよりもっと、気持ちよく感じる。それは何もかも鮮明に見えるからなのか、それとも……

……自分がエルキディウスを好きだと、気づいてしまったからだろうか。

魔力の受け渡《わた》しとは関係のない触れあいだと思うと、恥ずかしくて、でも幸せで……自分が

ひどく敏感《びんかん》になっているように感じる。

エルキディウスの指に、手のひらに、唇に……いつもよりずっと早く体が昂《たか》ぶっていく。

「ひ、あっ」

やがて、擦り合わせていた膝を開かれて、中に指が入り込んできた。

「熱いな……すぐにでも入れたくなる」

「あ、あ、ん……っ」

言葉とは裏腹に、その指はやさしく中を広げていく。

けれど、そんなふうにやさしくされている間にも、早くエルキディウスと一つになりたいと、

考えてしまう自分に恥ずかしくなった。

早く中に入れて、奥までいっぱいにして欲しい。

結局、先に我慢《がまん》できなくなったのは、朝陽のほうだった。

「エル…もう……い、から…っ」

「……もういいのか？」

頷《うなず》き、自分から膝を立て、左足を抱《かか》えるようにしてエルキディウスを誘《さそ》う。中にまだ入っているエルキディウスの指をきゅっと締《し》め付けた。

「お願い、ですから……入れて……いっぱいに、して……」

エルキディウスがぞっとするほど艶《つや》めいた笑みを浮かべ、中から指を引き抜《ぬ》く。

「たっぷり、くれてやる」

「あ…っ、ああ――っ！」

指で広げられた場所に、熱いものが勢いよく入り込んでくる。

「朝陽……っ」

「あぁ……っ」

奥まで腰《こし》を突《つ》き入れられて、朝陽はそれだけで我慢できずに絶頂に達した。

左足を抱えていた手から力が抜けたが、エルキディウスの手が膝裏を摑《つか》むようにしてぐっと上に持ち上げた。

「あっ、んっ……まだイッてる、のに…っ、あっあっあんっ」

そのまま激しく抜き差しされて、ひっきりなしに高い声がこぼれる。

気持ちがよすぎて、おかしくなりそうだった。何度も深い場所まで開かれて、中を擦られて

……。

「もっと深くまで、突き入れて、お前の奥の奥まで、俺の形にしてしまいたい……」

「んっ、し、して……全部、エルのに……して……っ」

本当はもう、何を言われているのか分からなかった。けれど、エルキディウスがしたいというなら、全部して欲しい。

「朝陽は、本当にかわいいな」

エルキディウスはそう言うと、一度動きを止めて朝陽の唇にキスを落とした。

そして……。

「――覚悟《かくご》しておけ」

情欲《じょうよく》でかすれた声でそう言うと、再び激しく動き始める。

今までよりもさらに深い快感と多幸感に包まれながら、朝陽は幾度《いくど》となく絶頂を迎え、中に注がれる大量の魔力《まりょく》に溺《おぼ》れるように意識を失ったのだった……。

●

「では、いつものように処理しておきます」

「ああ、それでいい。……まったく、飽《あ》きずによくやるものだ」

「ええ、本当に」

ため息を吐《つ》いたエルキディウスに、マジェスが頷く。

サファリスに手伝ってもらって字の勉強をしていた朝陽は、そんな二人を見て大変そうだなぁと月並みな感想を抱《いだ》いた。

ライハルトたち、勇者パーティの二度目の襲撃《しゅうげき》から、すでに三ヶ月が経過している。

あのあと、エルキディウスはまず、メリダについての処分を決定した。

登城するなという命令に背《そむ》いたばかりか、朝陽を捕《と》らえようとしたことからメリダを消滅《しょうめつ》させるという話も出たのだが……。結局、ガルムンドが嘆願《たんがん》し、朝陽も減刑《げんけい》を願ったため、メリダはガルムンドが片時も離《はな》れず監督《かんとく》するという条件で隠棲《いんせい》。北部の山脈近くに住処《すみか》を限定されることになった。

問題は、ライハルトたちである。

あのとき、勇者たちを殺せばすむということではないと話した通り、エルキディウスはクーデリア王国そのものに対して報復を行うこととした。

王子である勇者の血を通じて、王国の、王家の血の混ざる者の核《かく》に魔力の供給が行われないように呪《のろ》いをかけ、二度と魔法を使うことができないようにしたのである。これに朝陽も同意した。

王家の血、というと王族のみと思いがちだが、クーデリアはそれなりに歴史の長い国であり、王族の降嫁《こうか》などの関係から、高位貴族などはほとんどがこれに当てはまるらしい。

そのため王国からは、何度も和解を求めて使者が送られてきているが、エルキディウスは相対せずに送り返している。先ほどの処理、というのもこのことだ。

そもそも、人間にとっては魔の森を抜けて城にたどり着くことが難しい。最初のうちは大抵《たいてい》痛めつけられて囚《とら》われた上で連行されて来ていたのだが、中には朝陽が聖女であることを知る者もいた。朝陽が見かねてその治療《ちりょう》を行っていた際に、裏切り者の聖女だと罵倒《ばとう》する者や、聖女ならば人間のために取りなしを行ってくれと嘆願する者がいたことがエルキディウスにばれ、朝陽は一切《いっさい》の治療を禁止されることとなったのである。

その代わり、朝陽が気にしないようにと、使者の人間を必要以上に痛めつけることは禁止され、見つけ次第《しだい》追い返すという処置がとられることになった。たまにたどり着く者がいても、門前払《もんぜんばら》いである。

だが、よほど魔法を取り戻《もど》したいのか、使者は途切《とぎ》れることなくやってきている。

何度送られようが、この呪いを解くことはないと決めているこちら側からすれば、無駄《むだ》なことをと呆《あき》れるばかりだ。

ちなみに、人間についての調査をしている魔族の報告によると、クーデリアは少々きな臭《くさ》いことになっているらしい。

王族を中心とした大貴族たちは魔法を失っただけではない。聖女召喚《しょうかん》によるマナ不足、それを補ってあまりある利益の見込まれていた魔王討伐《とうばつ》失敗、政権の喪失《そうしつ》など数々の失態の積み重ねにより、クーデターの兆《きざ》しがあるらしい。

また、さすがに三ヶ月も経《た》って、王都の状況《じょうきょう》がおかしいことに国民も気づき始めたのだろう。

元々平民はほとんどが魔法を使えなかったため、今までと同じような暮らしをしつつ、革命を起こそうという動きもあるとか。

もちろん、これらはすべて、魔族たちには関係のない話である。当然すでに聖女などという称号《しょうごう》を投げ捨てた朝陽にとっても。

使者を追い返すという一手間が増えてはいたが、それだけといえばそれだけだ。

朝陽はあれ以来、もっと魔族たちのことが知りたいと、勉強を始めた。まずは本が読めるようになりたいからと、字の勉強から始めているが、これはそれなりに順調だ。

勉強をするならと執務《しつむ》室の机の一つが空けられて、大抵の午前中は執務室ですごしていた。

字を教えてくれるのはサファリスだが、エルキディウスとマジェスも室内にいる。エルキディウスの近くにいられることは単純にうれしいし、小休憩《きゅうけい》には四人でお茶を飲んだりもしている。

昼食は、エルキディウスの希望で二人きりだが、それはそれでいいものだ。

午後は、エルキディウスが謁見《えっけん》に行くので、朝陽は医務棟《とう》へと向かう。朝陽が小さな怪我《けが》でも治療すると請《う》け合ったため、最近は患者《かんじゃ》の数も増えている。

といっても、人間が攻《せ》めてくるようなことでもない限り、魔族たちは平和に暮らしていて、大きな怪我をする者はほとんどいない。

むしろ研究したいと気軽に自分の体を切りつけるシュナイゼルが一番の怪我人であり、朝陽の悩《なや》みの種になりつつあるが、その程度だ。

たまに外に視察に行くこともある。あの花畑にも二回ほど足を運んだ。最近ようやくドラゴンに乗ることにも慣れ始めてきた。

毎日充実《じゅうじつ》していると、自分でも思う。

「アサヒ様？」

「あ、すみません！　ちょっとぼーっとしてました……」

「少し休憩しましょうか。そろそろお茶の時間ですから」

サファリスはそう言って微笑《ほほえ》むと、すぐにお茶の支度《したく》を始めた。聞いていたらしいエルキディウスとマジェスもさっさとソファスペースに移動している。

それを見て思わずため息を零《こぼ》した朝陽だが、サファリスに礼を言って、ソファスペースに近付いた。

エルキディウスの近くまで行くと、ぐいと腕《うで》を引かれて、膝《ひざ》の間に座らされる。

「一人で座れるって、毎日言ってると思うんですけど」

「うしろにひっくり返るだろうが」

「ひっくり返りませんっ」

座面の奥行きが深いソファなため、朝陽が背もたれに寄りかかろうとするとかなり無理があるのは確かである。

そもそもそう思うなら、クッションを置かせてくれと提案しているのに……。実際、朝陽よりもさらに小さなサファリスの指定席になりつつある場所には、クッションがもりもり置かれているのである。

「いい加減諦《あきら》めろ」

「俺が諦める側なの、おかしいですよね」

言い合ううちにお茶と焼き菓子《がし》が運ばれてくる。

毎日のことなので、サファリスは何も言わずに支度を調《ととの》えていくし、マジェスはどこか生温かい目でこちらを見てにっこりと笑う。

「贅沢《ぜいたく》な背もたれで結構ですね」

「そうだろう」

マジェスの言葉に、そう頷《うなず》くエルキディウスを軽く睨《にら》んで、朝陽はティーカップへと手を伸《の》ばした。

少し恥《は》ずかしいけれど、本気で怒《おこ》っているわけではない。正直に言えば、愛されているなぁと思わなくもないのだ。絶対に言わないけれど。

毎晩のように求められることも、恥ずかしいけれどやはりうれしい。エルキディウスは朝陽が本当に嫌《いや》がっていることには、ちゃんと配慮《はいりょ》してくれていると思う。

だからこそ、余計に恥ずかしいのだけれど……。

「朝陽、菓子をとってくれ」

「はいはい」

言われるままに、朝陽は焼き菓子に手を伸ばし、エルキディウスの口元に運んでやる。

エルキディウスも少しは恥ずかしがればいいのにと思うが、うれしそうにされるからこちらも笑ってしまう。

こんなふうに、これからもエルキディウスと魔王城《まおう》でのんびりと暮らしていけるといいなと思う。

いつまでも、幸せに……。

あとがき

はじめまして、こんにちは。天野《あまの》かづきです。この本をお手にとってくださって、ありがとうございます。

ここのところ雨続きで、気温は低いのになんとなく蒸し暑いような気がして、麦茶の消費量がとどまるところを知らない日々ですが、皆様《みなさま》ご健勝でしょうか。

今回は、男なのに聖女として召喚《しょうかん》されてしまった受が、勇者に裏切られ、魔王《まおう》を助けてしまうところから物語が始まります。助けられた魔王が今度は逆に受を救い、受は魔王の眷属《けんぞく》になってしまうのですが……。

以前『攻略《こうりゃく》対象者の溺愛《できあい》』という本を出していただいているのですが、今回も同じく異世界を舞台《ぶたい》にした溺愛ものということで表紙のデザインなども揃《そろ》えていただいております。

また、今作のイラストも『攻略対象者の溺愛』と同じく蓮川愛先生が引き受けてくださいました。イラストを拝見しましたが、朝陽《あさひ》のかわいらしさはもちろん、魔王エルキディウスが本当に素敵で、ラフをもらった時点から感激しています。蓮川先生、いつも本当に素敵なキャラクターをありがとうございます。

あと、少しだけ宣伝させてください。現在、陸裕千景子先生が雑誌「エメラルド」にて『モブは王子に攻略されました。』のコミカライズをしてくださっています。こちらも聖女として召喚された青年が主人公となっておりますが、今回とはまた違《ちが》うテイストとなっておりますので、楽しんでいただければ幸いです。

先日、コミカライズ二作目の『蛇神様と千年の恋』のコミックスが発売になりました。こちらは和風で、脇役《わきやく》のもふもふもかわいらしい一冊となっております。一作目の『獣王《じゅうおう》のツガイ』の獣人攻のもふもふとともに楽しんでいただけるとうれしいです。

最後になりましたが、ここまで読んでくださった皆様にも、本当に感謝しております。皆様のご健康とご多幸を心からお祈《いの》りしております。

二〇二一年　七月、　天野かづき

魔王《まおう》の溺愛《できあい》
天野《あまの》かづき

角川ルビー文庫　22809

2021年9月1日　初版発行

発行者――青柳昌行
発　行――株式会社KADOKAWA
〒102-8177　東京都千代田区富士見2-13-3
電話 0570-002-301（ナビダイヤル）
編集企画――エメラルド編集部
印刷所――株式会社暁印刷
製本所――本間製本株式会社
装幀者――鈴木洋介

ISBN978-4-04-111664-7　C0193　定価はカバーに表示してあります。

攻略対象者の溺愛
攻略対象者の溺愛
天野かづき
Illustration 蓮川愛
ヒロインを退治して、攻略対象者をモブが攻略!?
乙女ゲームの
悪役令嬢《あくやくれいじょう》の兄《あに》に転生!?
これってBLエロゲではなかったはずだけど??????
悪役令嬢の兄として、生前自らが手がけた乙女ゲームに転生してしまったアルレイン。ゲーム通りに一家断罪されないため、妹を超良い子に矯正し、攻略対象者の義弟・ユイシスのことも可愛がってきた。ところが近頃ユイシスの様子がおかしくて…!?
大好評発売中!
角川ルビー文庫
KADOKAWA